Jean Rouaud
Der Porzellanladen

Der lieben Manni
zur Unterhaltung
im April 2000,
von Gila

Jean Rouaud

Der Porzellanladen

Roman

Aus dem Französischen von
Josef Winiger

Piper
München Zürich

Die Originalausgabe erschien 1998 unter dem Titel
»Pour vos cadeaux« bei Les Éditions de Minuit in Paris.

ISBN 3-492-04114-0
© Les Éditions de Minuit, Paris 1998
Deutsche Ausgabe:
© Piper Verlag GmbH, München 2000
Gesetzt aus der Trump-Mediäval
Gesamtherstellung: Clausen & Bosse, Leck
Printed in Germany

I

Sie wird diese Zeilen nicht lesen, die schattenhafte kleine Gestalt, von der man erstaunt vermerkte, daß sie durch drei Bücher gehen konnte und von sich selbst nichts erzählen – oder fast nichts, stumme Statistin, zum Schweigen verurteilt durch das jähe Wegsterben des Mannes und einen so rasenden Schmerz, daß sie glaubte, er werde über sie und ihr Leben obsiegen, ein Schmerz, der den Atem raubte, der so gründlich die Luft abschnitt wie das Kopfkissen, das man einst den Tollwütigen aufs Gesicht drückte, was selbst die Kirche hinnahm, die sonst übergenau ist, wenn es darum geht, daß nicht Gott über Leben oder Tod eines Menschen entscheiden soll, doch die Gebissenen litten so grauenhaft, daß Gottes Wort seine Prinzipien etwas zu dämpfen und Sein Auge eine Weile wegzuschauen ersucht war, bis der brüllende und schäumende Todgeweihte unter dieser Daunenglocke den Frieden tiefsten Schlafes gefunden hatte. Der endgültig war, weil man vergeblich auf ein Zeichen des Mitleids gewartet hatte und man meinte, ein solches Zeichen hätte in diesem besonderen Fall der Barmherzigkeit entsprochen.

Sie wird diese Zeilen nicht lesen, unsere Todes-

und Trauerwütige, und, nach einem Liebesbiß, wohl auch Liebeswütige, denn was sie in diesen Zustand versetzt, ist schließlich der Verlust eines Mannes, und nicht irgendeines Mannes, der wie alle anderen gewesen wäre, nein, ihres ersten und letzten Mannes, des einzigen, den sie zu sich einließ, desjenigen, mit dem sie die Intimität der Körper teilte. Auch wenn Nine bezweifelt, daß unsere Mutter eine große Liebhaberin war, doch das weiß man ja nie, die Nacht der Liebenden birgt ihre Geheimnisse, und außerdem erzählte Nine selbst, daß sie ihr, als sie nebeneinander schliefen, die Hand halten mußte, so wie es der Verstorbene getan hatte. Sie brauchte also diesen Halt, bevor sie sich dem blind machenden Schlaf hingab, diese Sicherung, so wie man sich in den Bergen sichert, und im Lichte von Nines spätem Geständnis, das sie lange zurückhielt, denn unsere Mutter wollte von ihr, daß sie buchstäblich den Platz des Toten einnahm, erweist sich, daß unsere Eltern mittels ihrer Hände aneinander angeseilt waren, und dann ist natürlich klar, daß der erste, der fällt, den anderen mitreißt in seinem Sturz in die bodenlose Finsternis.

Sie wird diese Zeilen nicht lesen, natürlich nicht. Wer denkt, sie würde sich für diese Kommentare über ihr Liebesleben interessieren, der hat sie nicht gekannt. Sie ist keine Hedy Lamarr. Sie ist eine, die als junges Mädchen von einem gestrengen und schulmeisterlichen Theologen gewarnt wurde, Henry Bordeaux zu lesen. Henry Bordeaux, das war jener französische Schriftsteller (Thonon-les-Bains 1870 – Paris 1963), der »das Lob der moralischen Ordnung sang, wie der Familiensinn und ein traditioneller Glaube sie verkörpern«. Insofern hatte der geistliche Zensor vielleicht gar nicht so unrecht, freilich muß es dann um die Gedankenfreiheit unserer Mama nicht sonderlich gut bestellt gewesen sein. Was nicht wundert, wenn man weiß, daß sie neunzehnhundertzweiundzwanzig, am fünften Juli, in Riaillé im Département Loire-Inférieure geboren ist, das heißt in jenen Gefilden Westfrankreichs, die von der Gegenreformation missioniert wurden und noch unter dem Schock einerseits der Strafpredigten von Louis-Marie Grignon de Montfort standen, der zwar grimmig den Jansenismus bekämpfte, aber deswegen noch lange nicht zum Genießen der Lebensfreuden aufrief, andererseits der moralischen Zuchtrute des furchterregenden Abbé Rancé, dessen Leben Chateaubriand auf Geheiß seines Beichtvaters aufzeichnen mußte, zur Buße für seine (eigenen) Sünden, und der einige Zeit im benachbarten Kloster La Meilleraye wirkte, bis hier alle parierten, und dann anderswo Mores lehren ging, wobei er – man kann es nicht anders nennen, denn er schleppte es ja ständig mit – sein Maskottchen mitnahm: den abgeschlagenen Kopf seiner früheren Mätresse. Doch obwohl die erste Hälfte seines Lebens ein Bekenntnis zu den fleischlichen Genüssen war, wie die fetischistische Anhänglichkeit an sein Liebchen bezeugt, berücksichtigte man als Lehre nur die zweite, die außer

9

Gebet und Kasteiung wenig Perspektiven bot. Man füge zum Bild die Horden royalistischer Chouans und die nie entmachteten lokalen Schloßherren hinzu, dann versteht man, daß dieses genußfeindliche Erbe die am fünften Juli zur Welt Gekommene nicht gerade zu einem Abenteuer- und Lotterleben prädestinierte. Eine doppelte, weil historische und geographische Benachteiligung, freilich dadurch gemildert, daß die Geburt im Haus ihrer Eltern stattfand – Alfred, Schneidermeister (was einem etwas untertrieben vorkommt, wenn man sich an den Kopf seiner Rechnungsbögen hält: Stoffe und Neuheiten für Bekleidung aller Art/Wirk-, Weiß- und Kurzwaren, Leinen/Hutmacherei/Maßschneiderwerkstätte/Konfektionskleidung, Hosen, Jacken und Westen/Hemden gehobener Fasson in Weiß und in Farbe/Blusen und Kittel/Bettzeug/Mühlensegel und Kornsäcke/Herstellung von Planen jeglicher Größe/Heimarbeitswaren) und nie sicher, welcher von Rancés beiden Lebenshälften er anhängen sollte, weshalb er im Kloster La Meilleraye und auf der Freikörperkultur-Insel Levant gleichzeitig verkehrte, sowie Claire, eine energische Frau, die nicht so leicht den Kopf verlor (sonst hätte Großvater sie wohl nicht genommen) –, welches sie am vierten Juli neunzehnhundertsechsundvierzig verließ, um Joseph Rouaud zu ehelichen, den man den großen Joseph nannte und der unser negentropischer und sonstwie zu qualifizierender Vater war.

Welcher in Campbon geboren war, ebenfalls im

Département Loire-Inférieure (Ende der fünfziger Jahre umbenannt in Loire-Atlantique, doch wir wollen es nicht so genau nehmen und das Jahr der Umbenennung mit dem Todesjahr des genannten Joseph zusammenfallen lassen, das, obwohl später, als eine Art Grenz- oder Nullpunkt die Zeit in ein Vorher und Nachher einteilt, wenn also von Loire-Inférieure die Rede ist, heißt das, daß unser Vater noch lebt), am zweiundzwanzigsten Februar neunzehnhundertzweiundzwanzig, was er stolz auf die Formel 22. 2. 22 verkürzte, die sich im Hinblick auf seine kurze Lebensspanne als nicht sehr magisch erwies, ihm aber ein kurioses Fortleben bescherte, denn mehr als dreißig Jahre nach seinem Tod, der ihn im Alter von einundvierzig Jahren am Tag nach Weihnachten neunzehnhundertdreiundsechzig ereilte, kann man ihn als jungen Mann bewundern, wie er lässig auf einem Sofa sitzt: lachende Augen hinter runden Brillengläsern, Krawatte, dreiteiliger Anzug, Zigarette, auf den linken Oberschenkel gekuschelt die Schnauze seines kleinen Hundes Rip, eines schwarz-weißen Rattenfängers, und das alles auf der hinteren Umschlagseite eines schwedischen Buches mit dem Titel *Stora Man*. Und hätte sich eine Wahrsagerin in seine geöffnete Handfläche vertieft wie in einen Roman und ihm eine Odyssee auf Hochglanzpapier im hohen Norden vorausgesagt, hätte er wohl mit einem Witz geantwortet: Und beim Kaiser von China, gibt's da nichts für mich? Worauf ihm die Seherin wohl die Finger über seinen

Handlinien geschlossen und ihn belehrt hätte: Erinnere dich, daß der kleinen Josephine auf ihrer Insel geweissagt wurde, sie werde mehr sein als eine Königin.

Joseph, der zu früh Verstorbene, Sohn des Geschirr- und Haushaltswaren-Großhändlers Pierre und der Kauffrau Aline, Joseph, der, weil der vierte und der fünfte Juli kalendarisch aufeinanderfolgen, der erste war, der Annick, unserer Mutter, die diese Zeilen nicht lesen wird und gelegentlich unter dem Namen Anne auftaucht, zum vierundzwanzigsten Geburtstag gratulierte, und wie erst! Denn als es nach ihrem Hochzeitstag Mitternacht schlug, lagen sie einander in den Armen. Natürlich kann man sich fragen, ob sie schon vor dieser Hochzeitsnacht miteinander geschlafen haben, doch in ihren Briefen, zumindest in denen unseres Vaters, und nur sie sind erhalten – auf blauem Telegrammpapier, verwahrt in einem nachtschwarz lackierten Kästchen mit China-Dekor, das in einer Schublade des großen Schranks mit den verschlungenen Initialen RC, für Rouaud-Clergeau, unsere Großeltern väterlicherseits, versteckt war –, finden sich keine Anhaltspunkte, außer daß er die Hochzeit herbeisehnt und die Tage zählt, die ihn von seiner geliebten Zukünftigen trennen, was sich so deuten ließe, daß er es kaum noch erwarten kann, aber in der Hoffnung, auf eine Prise Erotik zu stoßen, sehen wir uns enttäuscht, nur ganz am Anfang ihrer Bekanntschaft erwähnt er den ersten Kuß, dessen köstlichen Nachgeschmack er beim Schreiben noch auf den Lippen zu spüren scheint, doch das ist recht dürftig. Zumal danach die zärtlichen Wendungen floskelhafter werden. Drei Briefe durchweht sogar ein leichter Hauch der Verstimmung, da er zur Hochzeit eines Freundes eingeladen ist und sie ihm einen Vorwurf daraus zu machen scheint – Angst vor Konkurrenz? –, worauf er klein beigibt, gut, einverstanden, dann geht er eben nicht hin, obwohl es ihn Überwindung kostet, seinem Freund mitzuteilen, er könne leider nicht kommen und mit ihm die Freude über diesen Tag teilen. Aber das ist ganz sie, diese Herrschaft auf Distanz. Vielleicht fürchtete sie, er könne dort seine erste Verlobte wiedersehen, nennen wir sie ruhig weiterhin Emilienne, eine blonde, wohlgerundete Schönheit, im Vergleich zu der unsere kleine Mama, die so entzückend zierlich wie eine Tanagrafigur war, aber auch sicherlich viel weniger erfahren in sexuellen Angelegenheiten, sich wahrscheinlich zu leichtgewichtig vorkam – und der Anblick der drallen Schönen könne ihn in seinem auf die Nacht der Verheißung vertrösteten Verlangen schwach werden lassen.

Aber das ist wirklich sie, das ist typisch sie, auch wenn die Haltung verbreitet ist: die Ihren sollten auf dem Weg bleiben, den sie als den rechten erachtete, und das Herumtollen möglichst unterlassen. Freilich wäre daran zu erinnern, daß sie am sechzehnten September neunzehnhundertdreiundvierzig in Nantes der Schule fernblieb und ihre Buchhaltungstunde schwänzte – ohne das unheilvolle Bombardement, das an jenem Tag dreitausend Menschenleben forderte, hätte man nie etwas davon erfahren, das nennt man Pech, wenn ein so läppischer Disziplinverstoß durch ein solches Zusammentreffen von unglücklichen Umständen, darunter nichts Geringeres als ein Zweiter Weltkrieg, herauskommt –, um *Der Graf von Monte Christo* im Kino Le Katorza anzuschauen, dessen Saal von den amerikanischen Fliegenden Festungen in Schutt und Asche gelegt wurde, und um ein Haar wäre sie dringeblieben, sie kam nur mit dem Leben davon, weil ihr Cousin Marc (und nicht, wie vordem behauptet, ihr Cousin Freddy, der verschwand, nachdem er die Frau eines Kriegsgefangenen geschwängert hatte, und auf den Straßen Deutschlands starb, Marc schickte mir eine bescheidene Richtigstellung: Ich war es, der Deine Mutter gerettet hat, nicht Freddy), der sie in der Panik nach den ersten Explosionen zunächst verloren hatte, sie noch rechtzeitig völlig verstört im allgemeinen Durcheinander entdeckte und in einen zum Luftschutzraum umfunktionierten Keller des Café Molière an der Place Graslin zerrte. So wußten wir, daß wir unser Leben einem Wunder, zumindest der Geistesgegenwart eines couragierten Cousins verdankten, daß es also damals begonnen hatte, unser Leben, beim Verlassen des Luftschutzraums, als die Sirenen Entwarnung gegeben hatten und die Eingemauerten die schmale Kellertreppe hochstiegen, deren oberster Teil verschüttet war von Geröll und Trümmern, die sie erst wegräumen mußten, bevor sie ins Freie gelangten, aber dann erst der Schock, nicht der eingestürzten Häuser und aufgerissenen Straßen wegen, sondern weil die Farbe weg war, alle Farbe war verschwunden und die Stadt gleichmäßig grau, als seien nicht Bomben, sondern ein Ascheregen auf sie niedergegangen, unser Leben begann also da, in dieser aschgrauen Welt, und wir wußten, daß man die Farbpalette selbst mitzubringen hatte, so wie man zu einem Picknick sein Essen mitbringt.

Und dies alles, dieser exorbitante Preis, nur wegen der schönen Augen eines Pierre-Richard Wilm (und nicht Pierre Blanchard, aber die Verwechslung kommt von ihr, was nahelegen könnte, daß ein solches Trauma das Gedächtnis verwirrt, aber vielleicht hat ihr Pierre Blanchard einfach besser gefallen als Pierre-Richard Wilm, und sie braucht ja nicht das Gedächtnis der Filmkunst zu sein, nur ihre Schilderung ist wichtig, lassen wir ihr also ihren Pierre Blanchard), der den Monte Christo spielte, den Film sah sie freilich erst nach dem Krieg, weil jene Vorführung schon beim Vorspann durch das Sirenengeheul jäh abgebrochen wurde. Und immer wenn sie auf diesen schwarzen Donnerstag zu sprechen kam, folgte auf die Geschichte mit dem Ascheregen über der Stadt unweigerlich das, was ihr durch den Kopf ging, als im Luftschutzkeller bei jeder Explosion das Gewölbe über ihnen bis zum letzten Stein erzitterte und Staub auf die freiwilligen Gefangenen herabrieselte, und daß sie sich ständig fragte, ob sie am richtigen Ort stehe, ob nicht eher eine andere Stelle die rettende sei, die dort drüben, oder da, oder hier, und daß man das nur dadurch erfahren könne, daß man lebend herauskäme, weshalb man sich ganz und gar dem Zufall anheimstellen müsse, oder Gottes Gnade, was je nach persönlicher Einstellung bedingt, daß man entweder in der Lebenslotterie auf die richtige Nummer getippt hat oder beim Allerhöchsten gut angeschrieben ist. Nur beten, nein, daran dachte sie überhaupt nicht, während andere in solchen Situationen wirr durcheinander einen Akt der Reue, das Tischgebet und den Einkaufszettel herunterleiern und den Irrtum erst bemerken, wenn die Gefahr vorüber ist, bei ihr hingegen nur diese einzige Frage: Welches ist der rettende Platz?

Doch vielleicht beschäftigte dieser Gedanke alle Insassen des Kellers, und er kommt einem ganz spontan in solchen Situationen, während man erwarten würde, daß zum Beispiel dieser Mann dort drüben schwache Nerven hat und sofort hinauswill, wenn es brenzlig wird, egal, ob er sich in einem Schutzraum unter den Bomben, in einem Flugzeug in zehntausend Meter Höhe oder in einem Unterseeboot auf Tauchfahrt befindet. Aber er hat wohl den Eingang zum Keller gar nicht gefunden, und wir müssen ihn zu den dreitausend Toten jenes Tages rechnen, denn sie hätte sich an ihn erinnert. Man kann sogar, würde sich eine ähnliche Geschichte ereignet haben, das Lachen hören, mit dem sie es erzählte, das Annick-Lachen, ein Spottgedicht, drei Finger auf dem Mund, als wolle sie ihren Heiterkeitsausbruch höflich mit einem Anschein von Selbsttadel mildern, ohne sich freilich allzu große Mühe zu geben, ein Lachen, das ansteckte, obwohl es den kleinen Mißgeschicken anderer Leute galt (jenem, der dem Bus nachrennt, eine Stufe verfehlt und auf glitschigem Laub ausrutscht), großen Mißgeschicken freilich bisweilen auch, man erinnere sich nur, wie sie damals nach jener Totenwache nach Hause kam, bei der sie, wahrscheinlich des schummerigen Lichtes wegen, das zwei flackernde Kerzen beiderseits des Verstorbenen abgaben, statt des ehemaligen Buchhalters plötzlich Oliver Hardy auf dem Totenbett liegen sah. Da versteht man schon, daß diese Art Klon des dickwanstigen Partners des mageren Laurel einen Lachkrampf auslöste, und sei es vor seinem Leichnam, und weil der Fall so ähnlich war, fällt einem auch gleich ein, wie sie von der Beerdigung ihrer Mutter zurückkam und genauso lachte, wir saßen alle zusammen im Eßzimmer am Tisch, und es muß schönes Wetter gewesen sein, denn das auf den Hof gehende Fenster war offen, die Jahreszeit konnte man allerdings von unserem Platz aus nicht gut am Zustand des wilden Weins ablesen, dessen Triebe sich um die zwischen Backsteinmauer und Eßzimmeraußenwand gespannten Drähte schlangen und im Sommer ein Blätterdach woben. Doch es herrschte bei diesem unvorhergesehenen Familientreffen eine fröhliche Stimmung, die, bedenkt man es recht, schon etwas überraschend war: eine solche Gelöstheit, dieses Lachen, die Trauer wie weggeblasen, wohl sagte man sich, ihre Mutter sei schließlich fünfundneunzig und gegen Ende recht verwirrt gewesen, sie habe zum Beispiel phantasiert, die Pflegerin habe sie am Abend nicht zum Tanzen gehen lassen wollen (plötzlich tuschelnd wie ein kleines Mädchen, das ein Geheimnis hat, sagt sie zu ihren Töchtern, sie sollten hinter den Heizkörper schauen, ob ihr Zerberus nicht dort versteckt sei), aber es war immerhin ihre Mutter, und wenn eine Mutter stirbt, hat das Alter nichts zu sagen, es ist eine Mutter, die stirbt, es ist die Prägeform, die plötzlich zerbricht, ab jetzt kann man nicht mehr auf einen zweiten Anlauf hoffen, ab jetzt ist man unwiderruflich ein numeriertes, signiertes Unikat und begreift endlich, daß es das eigene Leben ist, womit man hantiert, daß jeder Kratzer, jeder Mißgriff, jede Korrektur als Makel sichtbar bleibt, daß es keine Reinschrift in einem zukünftigen Leben gibt, kein Umarbeiten, weil die Matrize nicht mehr da ist und man selbst zum Original wird.

Doch offensichtlich bedrückte sie dieser erwartete Tod nicht. Vielleicht wegen der vielzitierten Vorwurfshaltung der Töchter, die meinen, sie hätten für ihren Vater eine bessere Ehefrau abgegeben als ihre Mutter, worin sie möglicherweise gar nicht unrecht haben, aber wie soll das gehen: die Zeit zurückdrehen, den Wechsel vornehmen, und was ist dann mit der Mutter? Soll sie ihrerseits ihren Vater heiraten? Und die allerste, soll die Gott heiraten? Zum Glück verliert sich diese Rivalität mit der Zeit, wenn Mann und Kinder da sind, und man entdeckt mit Rührung nach und nach, was in der Urheberin der eigenen Tage an Sehnsucht, Entsagung, Leidenschaft, Zurückhaltung und Hingabe versammelt ist, eben alles, was das Leben einer Frau ausmacht, wohingegen man sich, was die Mütterlichkeit betrifft, schließlich keinen Zwang anzutun braucht. Mütterlichkeit scheint in der Tat nicht Großmutters Haupttugend gewesen zu sein. Sie war ein Willensmensch, beherrschte das Haus, lud stets gastfreundlich an ihren Tisch, an dem sich eine für einen Schneider ungewöhnliche Gesellschaft einfand (Musiker, der geistliche Zensor, ein Dominikaner, ein echter chinesischer Student), aber sie war auch auffahrend, brüsk – so hat sie sich die Hand durchbohrt, indem sie eine Rechnung zu heftig auf einen Belegsammler aufspießte –, nicht der Typ, der ein Kind wiegt und liebkost, ihm ein Liedchen vorsummt oder ein Breichen kocht – siehe die Geschichte von Großvaters Ziege, mit der ihre Kinder gespielt hatten, welche in banger Ahnung ihr Verschwinden registrierten, sie in den zerteilten und gebratenen Stücken des Mittagstisches wiedererkannten und sich unter heftigem Würgen weigerten, daran zu rühren, vorgebend, auch keinen Hunger zu haben wie Großvater selbst, worauf Großmutter die

Schüssel packte und alles, hopp, in den Mülleimer kippte –, und dann sprach auch ein Handicap gegen sie, die Nachwirkung eines Risses bei einer schwierigen Geburt – vielleicht bei der unserer Mama –, weshalb sie schon als ziemlich junge Frau diesen Geruch sehr alter Menschen hatte, der zu einem nicht unerheblichen Teil vom Urin herrührt, und das stieß ihre Kinder ab, die sich natürlich nicht gern in ihre Röcke kuschelten, und unsere Mama tat dies statt dessen bei Madeleine Paillusseau.

Madeleine Paillusseau wurde immer mit vollem Namen genannt, nie bloß mit dem Vornamen oder mit einer Kurzform davon, die sie eindeutig bezeichnet hätte, Mado zum Beispiel, obwohl sie so etwas sicherlich als kleines Kind oder von einem Liebhaber gehört hat, nein, die Erinnerung an sie bestand aus komplettem Vor- und Zunamen, wer immer mit ihr zu tun hatte, kannte sie als Madeleine Paillusseau. Und wenn die Leute von ihr redeten, klang es, als redeten sie von der Sanftheit und der Güte selbst: Madeleine Paillusseau, wie die Heldin des naturalistischen Romans. Und das war sie im Grunde auch, sie war eine Seele von Mensch, eine herzensgute Frau, die unendlich liebevoll die Kinder jener anderen umhegt, in deren Dienst sie ihr Leben stellt, sogar liebevoller als eine Mutter, der immer die Möglichkeit bleibt, ihrem Nachwuchs irgendwann Undank oder zumindest mangelnde Anerkennung vorzuwerfen, wo sie doch soviel für euch getan hat, und selbst wenn es unausgesprochen bleibt, so steht es im Raum, wogegen sie, die aufopfernde Magd, froh sein darf, eine Einladung zur Hochzeit eines ihrer Schützlinge oder eine kleine Grußkarte zum Jahreswechsel zu bekommen, irgendwann auch das nicht mehr, denn bei der Erwähnung von Madeleine Paillusseau bekam Mama zwar leuchtende Augen, wenn sie von ihr sprach, sie ließ sich aber jahrelang Zeit, bis sie sie uns vorstellte. Doch jetzt, bei dieser Beerdigung: Sie hat sich überhaupt nicht verändert, behauptete Mama, höchstens ein wenig kleiner geworden, aber sie selbst ist inzwischen auch nicht gewachsen, sogar ein wenig zusammengesunken unter der Last der Trauer, das Größenverhältnis ist also geblieben, und ohnehin wies die Meßlatte bei beiden auf die Eineinhalbmetermarke, ein paar Zentimeter auf oder ab.

Den Dienst bei der Familie Brégeau hatte Madeleine Paillusseau aufgegeben, um eine späte Heirat mit einem braven Kerl einzugehen, der sie nicht unglücklich zu machen versprach, das heißt, daß er nicht trank, sie nicht schlagen und ganz selig sein würde, eine Hausfrau zu haben, die für ihn kochte und bügelte. Was das Kochen betrifft, können wir bestätigen, daß dieser Mann verwöhnt gewesen sein muß, denn wir aßen dasselbe. Ihre Kochkünste, ihre Geschicklichkeit, diese Raffinesse der Präsentation und der Zusammenstellung der Gerichte bezog Mama von Madeleine Paillusseau, die ihr, als sie ihr als kleines Mädchen immer hinterherlief im großen Haus von Riaillé, ihr Können weitergegeben hatte.

Die Kunst der Saucenzubereitung, der unmäßige Gebrauch von Butter und Rahm, die vielen geduldig mit dem eigenen Saft im Ofen begossenen Braten, das alles war wohl ein wenig zu schwer für einen Mann, der sich in seiner Junggesellenzeit wohl mit einfachster Kost begnügt hatte. Solcher Üppigkeit war er auf Dauer nicht gewachsen, so daß sich auf Großvaters Beerdigung beim Kondolieren zwei Witwen umarmten.

Madeleine, oh Madeleine, schluchzte Mama, ihre Jugendliebe an sich pressend, und diesmal war ihr Gefühlsausdruck vollkommen stimmig, während sie sonst eher zum Übersteigern neigte, was uns störte, obwohl wir nicht an der Ehrlichkeit ihrer Gefühle zweifelten, doch es ist eine Eigenheit bei Leuten, die gewöhnlich ihr Inneres nicht preisgeben, oder zumindest diesen Anspruch haben, und wenn sie dann ein Gefühl mitteilen wollen, meinen sie, sie täten es nicht deutlich genug und würden nicht verstanden, und aus Mangel an Natürlichkeit entlehnen sie der Technik des Schauspielers die betontesten Ausdrucksmittel, hochgezogene Augenbrauen, zerfurchte Stirn, gebogenen Mund (nach oben gebogen für Freude, nach unten für Traurigkeit), Sprung rückwärts wie eine Kanone beim Schuß als Ausdruck des Entsetzens, immer je nachdem. Unsere Schauspieler-Mama hatte in ihrem Repertoire eine ganz eigene Art des Sich-Bedankens, ihr war ein einfaches Dankeschön zu dürftig, sie mußte es mit einer Geste unterstreichen, indem sie beispielsweise kräftig die Hände der Dame umfaßte, die uns jeden Sonntag Eier vom Bauernhof brachte, was ohne Folgen geblieben wäre – ihr Händedruck knackte keine Nüsse –, hätte sie nicht unauffällig – in diesen Gegenden Westfrankreichs darf vor allem nichts auffallen – in den Fingerknäuel eine Bonbontüte – für Ihre Kinder, wie sie glaubte betonen zu müssen – geschmuggelt, die sich durch das Gepreßtwerden blähte wie die Wange eines Jazztrompeters, bevor sie unter einem letzten, unendliche Dankbarkeit bezeugenden Druck platzte und ein Feuerwerk von Zuckerschleckereien in der Küche umherstieben ließ.

Doch als sie damals Madeleine Paillusseau an sich preßte, war sie, wie wir sie nie erlebt hatten, das heißt unbefangen und wehrlos wie in zartester Kindheit, oh Madeleine, und weil sie sie mit bloßem Vornamen ansprach, schien es uns, als handle es sich um eine andere Person, sie mußte uns also erklären, als sie sie vorstellte, das hier sei, ich habe euch oft von ihr erzählt, Madeleine Paillusseau. Ach so, wenn man es so sagt, ändert das natürlich alles. Was sich auch änderte, war unsere Vorstellung von ihr, wir hatten eine betagte Frau erwartet, doch sie schien allenfalls zehn Jahre älter als Mama zu sein, woraus sich ergab, daß sie bei ihrem Dienstantritt in der Familie Brégeau nicht sehr alt gewesen sein konnte, doch daß die Mädchen früh in Stellung gingen, war auf dem Land üblich. Wir brauchen nur an unsere Marie-Antoinette zu denken, die gerade fünfzehn war, als sie bei uns anfing, sie kam direkt von ihrem Dorf und ihrem aus einem anderen Zeitalter stammenden Bauernhof mit Böden aus gestampftem Lehm und Wasser aus dem Ziehbrunnen im Hof, und in diesem Alter der Jungmädchenträume sollte sie selbständig unseren Haushalt führen, wofür ihr unsere Mama geduldig die elementarsten Handgriffe beibringen mußte, weil sie vieles zum ersten Mal sah, und sich außerdem um uns drei Rangen kümmern, denen nichts Besseres einfiel, als ihr kichernd den Rock hochzuheben, um sie zu ärgern. Das Geständnis fällt nicht leicht, doch ich sehe uns noch auf dem Gartenweg unter dem Tonnengewölbe der mit Rosen berankten Pergola. Nine war übrigens nicht dabei, sie hätte das arme Ding vor uns Quälgeistern in Schutz genommen und mit einem Ich-sag's-der-Mama unser grausames Spiel beendet, das wirklich grausam war, denn die blutjunge Marie-Antoinette weinte, was uns überhaupt nicht zu stören schien. Madeleine Paillusseau kann also nicht viel älter gewesen sein, als sie im Haus des Schneidermeisters anfing, selbst wenn aus der Sicht der Kindheit das Alter sehr früh einsetzt. Für ein kleines Mädchen war diese Minderjährige alt genug, um eine Ersatzmama abzugeben, vor allem wenn die andere, die richtige, den Kopf woanders hatte.

Wir hätten sie uns auch rundlicher vorgestellt, ein bißchen wie die gute Fee im Dornröschenschloß, bauschiges Kleid und weiße Schürze, die Bänder auf dem Rücken zur Schleife gebunden, dieses Bild des kuscheligen Daunenbetts, in dem sich das Kind verkriechen möchte, wenn es sich ängstigt, denn unser Gehirn ist so beschaffen, daß es runde Formen mit Sanftheit und eckige mit Härte gleichsetzt, aber nun war sie fast ebenso klein und zart wie Mama, so daß diese Mutter-Kind-Beziehung, von der immer die Rede war, verblaßte angesichts dieser umschlungenen Zwillingswitwen, die einander in gemeinsamer Trauer verbunden waren. Annick, tönte es wie ein Echo von Madeleine, die nun darlegte, weshalb sie nicht zu Josephs Beerdigung kommen konnte, ihr Mann war schon sterbenskrank, danach ging übrigens alles sehr schnell, und Mama entschuldigte sich, daß sie nicht rechtzeitig vom Tod dessen erfahren habe, der ihre älteste Freundin nicht unglücklich gemacht und schon deshalb einen letzten Besuch verdient hätte. Sie habe ihr noch ein paar Zeilen schreiben wollen, aber du weißt, wie das ist, da waren so viele Beileidsbriefe zu beantworten, und sie schaffte auch nicht alle, sie konnte nicht mehr, zu nichts mehr Lust, wie machst denn du das, Madeleine? Doch Madeleine Paillusseau hatte die Kunst des Resignierens schon vor langem gelernt, etwas anderes kannte sie eigentlich gar nicht. Ach, ich, sagte sie, als zählte sie überhaupt nicht, und wandte sich schnell wieder der zu, deren Trauer ihr gewichtiger schien als die eigene, aber du hast zum Glück deine Kinder. Und als Mama uns herantreten ließ, uns alle drei vorstellte und wir der Madeleine mit dem guten Herzen einen Kuß geben sollten, verstanden wir, warum unsere Mama so gern bei ihr war. Eine Veilchenwolke umhüllt sie, und sie hält uns delikat ihre gepuderte Wange hin. Nur ihre Hände, die sie uns auf die Schultern legt, um uns heranzuziehen, zeugen von dem phänomenalen Arbeitspensum, das sie in ihrem Leben bewältigt hat, fünfunddreißigtausend Geschirrberge gespült, Tausende von Hemden und Bettlaken gewaschen und Wischtücher ausgewrungen, ganze Quadratkilometer Böden gebohnert, dampfend heiße Gerichte aus dem Ofen geholt, gebürstet, gefegt, man wundert sich, daß sie überhaupt noch Finger hat, eigentlich müßten die doch abgewetzt, abgescheuert, abgehobelt sein. Man ahnt, daß sie jetzt Mühe hat, sie zu strecken, doch die Zeit der großen Arbeiten ist für sie vorbei. Ein Glas und einen Teller spülen, einen Strumpf stopfen, einen Rosenstock setzen, das geht allemal noch.

Eigentlich stehen ja drei Witwen am Grab, in das man gleich den Sarg hinabsenken wird, doch der dritten, die am unmittelbarsten vom Geschehen betroffen ist, scheint man eigenartigerweise weniger Beachtung zu schenken. Es ist unsere Großmutter mit dem verscheuchenden Geruch und dem Gesicht so voller Falten, daß sie es mit Prinzessin Angeline aufnehmen könnte, der Tochter des Häuptlings Seattle, auf jenem Photo von Edward S. Curtis, dem Mann, der dreißig Jahre seines Lebens darauf verwandt hat, bei einem der großen Blutbäder der Geschichte die hoheitsvollen Gesichter der letzten Fürsten der Indianervölker für die Nachwelt zu retten. Sie hält sich ein wenig abseits von der zärtlichen Wiedersehensszene zwischen ihrer Tochter und ihrer Stellvertreterin, macht sich wie gewohnt an irgend etwas zu schaffen, ordnet Kränze und Blumen, bittet diese oder jene, nachher im Garten ihres ehemaligen Hauses, wo ein Tisch aufgebaut ist, ein Glas auf den Verstorbenen zu trinken. Von ihrer Trauer, von ihren Gefühlen über diesen nun abgeschlossenen Lebensabschnitt, der vor zweiundfünfzig Jahren begonnen hat, anno neunzehnhundertzwölf in ihrem fünfundzwanzigsten Lebensjahr, anhand dieser Zahlen berechneten wir immer ihr Alter, davon läßt sie sich nichts anmerken. Vielleicht löst man sich ziemlich leicht von einem Leben, das einem mehr oder weniger aufgezwungen wurde, so wie ihre Heirat eine Vereinbarung zwischen den beiden Familien war, die ihre prosperierenden Handelsgeschäfte fusionieren wollten. In der vierfachen Mutterschaft, die sich daraus ergab, kann man also schwerlich den Triumph der Liebe erblicken, auch wenn die Ursache für diese Derbheit, für diesen rauhen Umgangston mit den Kindern, eher im eigenen Erbe mütterlicherseits als in dieser Vernunftehe zu suchen sein dürfte. Man trägt also all die Jahre hindurch sein Kreuz mit Geduld, bremst sich ununterbrochen ab, und wenn dann die Erlösung da ist, von der man mehr oder weniger das Leben lang geträumt hat, glaubt man, nach einer Anstandsfrist des Betrübtseins und Trauerns da weitermachen zu können, wo man ein halbes Jahrhundert zuvor aufgehört hat. Aber ein Blick in den Spiegel und die ungeschminkte Wirklichkeit mit dem Antlitz einer Prinzessin Angeline sorgen dafür, daß die letzten Illusionen im Orkus des ewigen Hätte-ich-doch verschwinden. Denkbar ist auch – denn der plötzliche Tod ihres Schwiegersohns vor wenigen Monaten hat so manchen verstört, und sie selbst wohl mehr, als sie gezeigt hat, immerhin hat sie ihr Haus verlassen und ist ihrer Tochter zu Hilfe geeilt, die nach einigen Wochen des schwierigen Zusammenlebens aber doch lieber mit ihrer Trauer allein blieb und ihre alten Eltern heimschickte –, daß der Tod eines Sechsundsiebzigjährigen, und sei es der eigene Mann, als etwas Natürlicheres aufgefaßt wird, gewissermaßen als Rückkehr zur Normalität, wonach man sich sagen kann, daß es endlich wieder etwas vernünftiger zugeht auf der Welt. Also braucht man daraus keine Affäre zu machen.

Offensichtlich hat es unser Vater durch seinen frühen Tod mit einundvierzig Jahren fertiggebracht, auch jetzt noch die Hauptfigur zu sein, die er zu Lebzeiten war. Man glaubte ihn los zu sein, den großen Im-Weg-Steher und Schattenmacher, neben dem es so schwer war, zu wachsen, einen Platz zu erstreiten, selbst etwas zu gelten, aber nein, Leute seines Schlages sind aus so hartem Stoff gemacht, daß sie noch mit ihrem Tod groß herauskommen. Daß es so schwer wäre, die von ihnen hinterlassenen Freiräume zu besetzen, hätte man nicht gedacht. Was also tun? Sich mit fünfunddreißig Jahren umbringen, bloß um ihnen die Schau zu stehlen, indem man einen neuen Rekord im Frühsterben aufstellt? Und das ohne jede Erfolgsgarantie, weshalb man sich die Sache zweimal überlegt, wenn's ans Sterben geht. So sieht man jetzt auf diesem Friedhof recht gut, daß eine von den dreien etwas mehr Witwe ist als die anderen, daß also nicht jeder Tote gleich viel gilt. Madeleine Paillusseaus Mann hat ihr nicht einmal seinen Namen vererbt, und Großvaters Schweigsamkeit hatte ihn ohnehin längst ins Reich der Abwesenden verwiesen. Es bleibt also nur einer, und immer derselbe.

Oder sind wir vielleicht derart von unserem Schicksalsschlag benommen, daß wir in allem nur unseren eigenen Schmerz sehen? Bei unserer Mama dort am offenen Grab, in das nun an zwei Seilen rumpelnd und polternd der Eichensarg hinabgelassen wird, ist es wahrscheinlicher, daß ihre Tränen jetzt dem Vater gelten und wir sie zu Unrecht mit den damals vergossenen gleichsetzen. Vielleicht beschwören Mama und Madeleine Paillusseau gar nicht ihr Witwendasein, sondern rufen sich mit Codewörtern weit zurückliegende gemeinsame Erlebnisse mit diesem geheimnisvollen Mann in Erinnerung, von dem wir nur gerade wissen, daß er in seiner letzten Zeit Kettenraucher war, beim Autofahren einschlief und seinen Bonbonvorrat auf dem obersten Brett des Küchenschranks versteckte. Sie

sagt: Annick, und man müßte eigentlich darin hören: zu mir war er immer anständig und zuvorkom-
mend, nie ein lautes Wort, mit seinen Arbeiterinnen
genauso, du erinnerst dich sicher an die arme
Blasse, die so hustete und die er auf eigene Kosten –
es gab ja vor neunzehnhundertsechsunddreißig
noch keine Sozialversicherung für Arbeiter – in ein
Sanatorium am Meer schickte, was leider ihre Tu-
berkulose auch nicht besserte, aber so war er, ohne
es je herauszukehren, weshalb man ihn zuerst für
streng hielt, aber es gab ein Anzeichen, das untrüg-
lich war: Die Arbeiterinnen in der Werkstatt sangen
den ganzen Tag, und du tatest nichts lieber, als dich
zu ihnen zu setzen und auch zu nähen, während er,
der Schneidermeister, die Teile zuschnitt und mit
Stecknadeln auf einer breithüftigen, arm- und kopf-
losen Schneiderpuppe zusammenheftete, die mit
schokoladefarbenem Stoff bespannt war, oder mit
einem Nadelkissen am linken Untererarm schweigend Anproben vornahm, hier einen Ärmel zurecht-
ziehend, dort mit flacher Kreide einen Halsaus-
schnitt anzeichnend. Sie sagt: Madeleine, und wir
müßten darunter verstehen, daß sie sich sehr wohl
erinnert, daß sie alles wieder vor sich sieht, die gemeinsamen Lieferfahrten, die sie zu Bauernhöfen
führten, von denen sie mit einem Mundvorrat im
Tausch gegen ein Stück Tuch wieder fortfuhren, bei
einem größeren Handel auch einmal mit einer
Ziege, die Fahrten nach Nantes zu den Groß- und
Einzelhändlern, die langen und angeregten Tischge-

sellschaften in dem von breiten Fenstern erhellten Eßzimmer – wie viele Tausend Mahlzeiten hast du eigentlich aufgetragen, Madeleine? –, die Musikabende, wo er Violine oder Klavier in dem kleinen Kammerorchester spielte, das er mit Freunden zusammen gebildet hatte, in der Hoffnung, seine drei Töchter und sein Sohn könnten einmal mitspielen, weshalb er die einen Klavier, die anderen Cellounterricht nehmen ließ und dann sehr enttäuscht war, als keins der Kinder dabeiblieb. Und vielleicht ist das der Grund für seine Schweigsamkeit, dieser Gesang, den er unter den ungelenken oder lustlosen Fingern seiner Kinder ersterben sah, der ihm im Halse stecken blieb und an dem er schließlich erstickte, wer weiß. Und vieles andere, was wir nicht wissen und was sich hinter dieser Bemerkung Bernadettes verbirgt, der jüngsten der drei Schwestern, genannt Dédette: Annick war seine Lieblingstochter.

Was völlig harmlos erscheint, eine solche kleine Bevorzugung kommt in jeder Familie vor, außerdem spürt man nicht die geringste Bitterkeit in der Mitteilung der Jüngsten, der Lebenslustigsten und Unkompliziertesten, von der wir auch wissen, daß sie andere Sorgen hatte, doch die Folge dieser nur halb gezeigten Vorliebe ist, daß unsere Mutter damit ganz unauffällig einen ersten Mann in ihrem Leben bekommt. Da stutzt man nun doch. An diesem endlos reproduzierten Bild der jungen Annick, die so zurückhaltend, so übergenau ist und so zierliche Filzpantoffeln schneidert, sind kleinere Korrekturen fällig. Denn ihre freien Tage will sie ja in Vaters Werkstatt verbringen und nicht im Laden, wohin sie nie einen Fuß setzt. Man erkennt sie auf Anhieb zwischen den Arbeiterinnen, von der Seite sieht man sie mit gekreuzten Beinen sitzen, unverkennbar mit ihrer geraden und feinen langen Nase, ganz der Arbeit hingegeben, ein Fingerhut sitzt am Mittelfinger der rechten Hand, der leicht angehoben ist, um Zeigefinger und Daumen nicht bei der Arbeit zu behindern. Wie sagte sie immer, wenn sie im Nähkästchen danach suchte: ohne Fingerhut kann ich nicht nähen, womit jede und jeder, der es angeblich ohne konnte, als Dilettant dastand, und wie sie blitzschnell einfädelte und dazu erklärte, man müsse eben den Faden zum Nadelöhr führen und nicht umgekehrt, genau daran erkenne man den Anfänger, und wenn man es so mache wie sie, habe man es nicht nötig, von einem Schlüsselloch zu träumen und ewig am widerspenstigen Fadenende zu lutschen, worauf sie ihr schallendes Spottlachen folgen ließ und das Näherinnensprüchlein »langes Fädchen, faules Mädchen« zitierte, welches die Unsitte meint, den Faden so lang zu nehmen, daß man nicht wieder einzufädeln braucht, wodurch man aber die Nadel bei jedem Stich sehr weit wegziehen muß, so weit der Arm reicht, wogegen sie mit sparsamsten Bewegungen kleine Spiralen beschreibt, Stich für Stich, ohne jede Hast, die Hand bleibt am Stoff, ist eins mit ihm, und dir ist, als würden hier die beiden Ränder der Zeit zusammengenäht, als wären die Stunden hypnotisiert von dieser sonderbaren Gebetsmühle und müßten stillhalten, bis das Werk vollendet ist und sie sich vorbeugt, um mit den Zähnen den Faden abzutrennen, wonach der Knopf an deinem Hemd wieder angenäht ist, ohne daß du es ausziehen mußtest – und natürlich ohne jedes Risiko, im Verlauf der Operation gestochen zu werden, auch die Solidität ihrer Arbeit steht außer Frage, sie hat prüfend am Knopf gezogen, der zudem einen Schaft aus umwickelten Fäden erhalten hat, so hoch wie die Stoffdicke am Knopfloch es verlangt, bevor der also wieder abgeht, fällt dein Hemd auseinander. Und dann diese Kunst des Stopfens, dieses bewundernswerte Überweben des Nichts, zum Beispiel bei diesem zerrissenen oder mottenzerfressenen Taschentuch, das, von ihr geflickt, in jeder Hinsicht mit einem Gobelin vergleichbar ist und eigentlich eingerahmt gehörte, neben den Höhepunkten der modernen Kunst müßte dies unbekannte Meisterwerk hängen. Aber für wen das alles, dieser schon fast religiöse Eifer, für wen, wenn nicht für den Auftraggeber des Werks? Was hätte sie sich mit irgendwelchen Ausreden wegstehlen sollen wie die Mädchen, die es zum Tanz drängte, wie ihre kleinere Schwester Dédette zum Beispiel, die vor Lebenslust Sprühende, das reinste Gegenteil zu ihr, wenn sie eben ihr Vergnügen darin fand, sich mit einer Nadel in der Hand zu ihrem Vater zu setzen oder neben ihm auf dem Beifahrersitz Platz zu nehmen für Fahrten, deren eigentlicher Zweck vielleicht das Fahren selbst war – weshalb sie auch neben ihm saß, als er einen Mann anfuhr, der bei Nort-sur-Erdre unvorsichtig die Straße überquerte, und dieses Drama – denn der Überfahrene starb kurz darauf – erst sehr spät zur Sprache brachte, das heißt erst, als sie wußte, daß ihr eigenes Ende mehr oder weniger unausweichlich oder gar abzusehen war, und als sie es tat, wunderte sie sich, daß sie uns gegenüber nie davon gesprochen haben sollte, doch wir waren uns dessen ganz sicher, es hätte in unserer Vorstellung einen ebenso bedeutenden Raum eingenommen wie die Bomben über Nantes, was heißt, daß sie es mitnichten vergessen, sondern in einem Winkel ihres Gedächtnisses verborgen hatte, wie eine Bleikugel im Kopf, die sich manchmal bei Wetterumschwüngen bemerkbar macht. Worauf wir auch begriffen, daß das, was in ihr gleichzeitig mit der Erinnerung an diesen tragischen Zusammenstoß lebendig wurde, das Echo einer verliebten Spazierfahrt von Vater und Tochter war.

Was auf seine Weise auch der unverhofft aufgetauchte Briefwechsel aus ihrer Pensionatszeit ausdrückt, der in einem Karton zusammen mit Schachteln voller Geschirrscherben ins Tohuwabohu des Lagerraums gestopft worden war, mit einer Lieblosigkeit, die ihre Verachtung für jegliche Form von Nostalgie verdeutlicht. Diese Art, das Blatt ein für allemal zu wenden und sich nicht mit einer kompletten Sammlung alter Erinnerungsstücke zu belasten. Für sie wahrscheinlich eine Hilfe, den Blick nach vorne zu richten, wenn ihr das Abschiednehmen vielleicht schwergefallen wäre. Allein die Gegenwart schien sie zu interessieren, freilich eine Gegenwart ohne Überraschungen, eine, die sich Tag für Tag wie ein Ritual wiederholt, die sich immer gleich bleibt und deshalb Veränderungen nicht zuläßt, so daß zum Beispiel der Laden ungefähr in dem Zustand verblieb, in dem ihn unser Vater hinterlassen hatte. Es ist sogar fraglich, ob sie diesen Karton, der ihre Briefe aus dem Pensionat nebst ihren Schulzeugnissen und einigen urweltlichen Monatsbinden (in Streifen geschnittene Handtücher) enthielt, je geöffnet hat. Ihr Bruder hatte sie ihr wohl nach dem Tod ihrer Mutter gebracht. Und man sieht sie förmlich, wie sie, von diesen Reliquien nicht im mindesten gerührt, den mit beladenen Armen vor ihr stehenden Mann anweist, den Karton ins Lager zu stellen, dort hinten hin, unter das Regal, wo er fünfzehn Jahre lang liegenbleibt und immer tiefer unter anderen Kartons begraben wird.

Auch dieses blaue Papier. Man fragt sich, ob die damalige Zeit für ihre Korrespondenz überhaupt andere Farben kannte. Lakonische Mitteilungen, die nichts über ihr Leben im Pensionat aussagen, in wenigen Zeilen werden die aktuellen Geschehnisse abgehandelt, und die an die ganze Familie gerichteten Grüße sind von einer an Behördenschreiben gemahnenden Floskelhaftigkeit, namentlich erwähnt wird nur Claire, ihre ältere Schwester, genannt Clairo, die ihr zeitlebens eine treue Gefährtin war. Freilich in größeren Abständen die immer gleiche Frage: Kommt Papa am Donnerstag, um mich auszuführen? Und man spürt, daß sich der ganze Brief um diesen ängstlichen Wunsch dreht. Alles übrige müssen wir zwischen den Zeilen herauslesen. Was sich als ebenso schwierig erweist wie das Lesen ihrer Gedanken. Wahrscheinlich sind es Pflichtbriefe, die von der Anstalt kontrolliert wurden. Im Collège Saint-Louis, alias Saint-Cosmes, in der Stadt Saint-Nazaire – und wenn die Revolution nicht bis hierher gedrungen wäre, hieße das Département vielleicht Saint-Victor statt Loire-Atlantique –, verdonnerte man uns noch Jahrzehnte später dazu, unsere Schulzeugnisse an unsere Familien zu schicken und ein Briefchen dazuzuschreiben, in dem wir aber unsere – schlechten – Noten nicht kommentieren konnten, denn sämtliche Post wurde vom Disziplinpräfekten unter die Lupe genommen. Wie sollte man sich da für eine Sechs in Betragen rechtfertigen? Für welche man keineswegs einen Oberen beschimpft oder während der Schulstunde in einem Moment der Verträumtheit ein Liedchen gepfiffen haben mußte, es reichte schon ein zur Unzeit aufgetretener Schluckauf oder ein schräger Blick, oder eine nur mäßig lobende Erwähnung der abendlichen Suppe, doch diese Sechs, wie jede Note schlechter als der Durchschnitt, nahm uns die Möglichkeit, Punkte zu sammeln – es gab dafür gelbe, rosarote und grüne Scheinchen, mit unterschiedlichem Nennwert –, die innerhalb des Internats als offizielle Währung fungierten, man konnte sich damit beispielsweise von Nachsitzestunden freikaufen, die man sich mit schlechten Noten eingehandelt hatte, weshalb die Scheine nutzlos waren, weil sie nur jene belohnten, die sie überhaupt nicht brauchten, es sei denn, um sich die Toiletten des Schlafraums zu leisten, die vierzig Punkte wert waren, ein Vermögen, doch welch ein Luxus: Fliesen, Porzellanschüssel, Brille, Wasserspülung, was nur dem als tautologische Beschreibung erscheint, der nicht weiß, daß es für die Unbemittelten im Hof Klos gab, die geradezu mittelalterlich waren: ein türkisches Loch im Zement, und der Croupier-Rechen des Reinigungsdiensthabenden, der jeden Morgen das hinunterzuschieben hatte, was dreihundert Schüler danebensetzten.

Daß sich in den Briefen unserer Mama von solchen Geschichten keine Spur findet, erstaunt kaum. Es wäre auch unwahrscheinlich: Im Institut Françoise d'Amboise in der rue Mondésir werden die höheren Töchter von Nantes erzogen, und nebst gutem Benimm wird ihnen beigebracht, daß es Dinge gibt, die eine standesbewußte Ehefrau nicht zu wissen hat, weshalb sich die Noten aus sechs Beurteilungskriterien zusammensetzen: Höflichkeit, Betragen, Unterricht, Hausaufgaben, Fleiß, Befolgung der Hausordnung. Woraus ersichtlich wird, daß die eigentliche schulische Leistung – Unterricht und Hausaufgaben – nur zu einem Drittel zählt. Im Wochenzeugnis steht: Die Note Sehr gut in Fleiß gleicht schlechtere Noten bei Hausaufgaben und Unterricht aus. Was letzteren Bereich betrifft, so glänzt unsere Mama zwar in Mathematik und ist hier laufend Klassenerste oder -zweite –, darum entscheidet sie sich auch später für eine Ausbildung zur Buchhalterin, die sie am sechzehnten September neunzehnhundertdreiundvierzig schwänzen wird, um heimlich *Der Graf von Monte Christo* zu sehen, was ihrem Geschäftssinn wohl nicht geschadet hat, bedenkt man, wie brillant sie später ihren Laden leitete, siehe die tadellos geführten Kontobücher –, im Fach Französisch hingegen (Rechtschreibung, Sprachlehre, Aufsatz) scheint sie einige Schwierigkeiten gehabt zu haben, da sie nie sehr weit von den hinteren Rängen entfernt ist. In der Tat stellt man bei der Lektüre ihrer Briefe aus der Pensionatszeit fest, daß sie etwas frei mit der allgemein anerkannten Norm umgeht, die zum Beispiel will, daß Verben sich nach dem Subjekt richten und das Infinitivum nicht mit dem Konjunktivum zu verwechseln ist. Der Beispiele sind viele, wie etwa in diesem zufällig aus dem Stapel herausgegriffenen Brief vom achten März neunzehnhundertsechsunddreißig, bei dessen Abfassung die Schreiberin immerhin, neunzehnhundertsechsunddreißig minus neunzehnhundertzweiundzwanzig, vierzehn war. In diesem Alter und auf dieser Stufe sind derlei Fehler nur in Maßen entschuldbar. Was auch die Frage erlaubt, wieviel die Schule damals taugte und ob die Schüler im Vergleich zu heute wirklich so hervorragend waren, wie immer behauptet wird. Zumindest stellt man so fest, daß unsere Mama in ihrer Jugend eigentlich sehr modern war.

Ihr trockener Stil trug wohl auch nicht dazu bei, ihre Noten im Aufsatz zu verbessern. Ihre Ausdrucksweise ist schnörkellos, direkt – modern, wenn man so will –, allerdings wenig dem blumigen Schulideal von damals entsprechend, wo die Vöglein im Laubwerk trillierten, während aus den Tiefen des Firmaments die Sonne ihre Strahlenpfeile herniedersandte. So findet sich im Brief vom achten März neunzehnhundertsechsunddreißig die lapidare, bestechend logische Mitteilung eines kleinen Zwischenfalls im Internat: Ich habe meine Mütze wiedergefunden, die ich seit Donnerstag vermißte, sie war bloß verlegt. Mama, du mußt zugeben, daß dies eine äußerst riskante Prosa ist. Ich höre bis hierher die Stimme deiner Lehrer, denen die Subtilität dieses »bloß« unmöglich entgehen konnte: Erklären Sie mir das, Mademoiselle Brégeau, wollen Sie damit sagen, daß es bei kaltem Wetter nicht warm ist? Und wissen Sie, daß Monsieur de La Palisse fünf Minuten vor seinem Tod noch am Leben war? Aber tröste dich. In Saint-Louis war es dasselbe. Mir ist man auch mit dieser Korporalsdialektik gekommen. Weil man uns vorwarf, daß sich in unseren Aufsätzen die Hilfsverben haben und sein häuften, nahmen wir in unserer Angst Zuflucht zu abenteuerlichen Wendungen. Einmal sollten wir unser Zimmer beschreiben. Kommentar: Du lebst

gefährlich, dein Haus steht in einem erdbebenge-
fährdeten Gebiet – weil ich geschrieben hatte, über
meinem Bett baumele ein Kruzifix. Aber lassen wir
sie reden, wir, die wir dich gekannt haben, wissen,
worum es geht. Dieses »bloß«, das bist du. Bloß verlegt, du meinst wohl, und ich glaube nicht weit fehl-
zugehen, wenn ich dich so auslege: Da brauchte
man die Sache nicht unnötig zu komplizieren, irgendwelchen bösen Zauber oder das Schicksal verantwortlich zu machen, Klassenkameraden zu beschuldigen und die ganze Welt anzuklagen. Diese
Mütze ist bloß verlegt, so wie später dieser Mann
bloß tot ist – anders gesagt, ihr könnt euch euer al-
bernes Betäubungsvokabular für Lebenssüchtige
sparen: Epiphanie, Auferstehung, Himmelfahrt,
Entrückung, Verklärung, dieses ganze Hoffnungsge-
fasel, mit dem man sich über die Gewißheit des Endes hinwegtäuscht. Bloß verlegt, bloß verloren, bloß
tot, so wie Monsieur de La Palisse fünf Minuten
nach dem besagten Zeitpunkt nicht mehr am Leben
war.

Hierhin paßt auch ihr erzieherisches Leitmotiv
für uns, da sie wahrscheinlich fand, daß wir ein bißchen danebenlagen, etwas zu dick auftrugen oder
unsere Haltung irgendwie nicht ganz stimmig war.
Lernt eben, einfach zu sein, scholl es uns regelmäßig entgegen wie ein Echo auf das »Einfachheit, Einfachheit, Einfachheit!« in Henry David Thoreaus
Walden, doch wir empfanden es als grausam, weil es
uns unsanft auf den Boden der Wirklichkeit warf,

und unsere Hoffnung zunichte machte, ein bißchen mehr scheinen zu können, als wir waren, uns ein wenig wichtig zu nehmen, doch schon standen wir als Schwätzer da, als aufgeblasene Puter, und wir hätten im Erdboden versinken und für den Rest unserer Tage Abbitte leisten mögen. Zumal ihr Urteilsspruch von einer halb Betrübtheit, halb Gereiztheit ausdrückenden Miene und einem Schulterzukken begleitet war. Aber es ist der einzige Ratschlag fürs Leben, den sie uns je erteilt hat. Weshalb wir auch begriffen, daß die Einfachheit ein Ziel ist und daß man sie lernen kann, wenn man sie nicht in die Wiege gelegt bekommt. Und es stimmt – wenn man oft genug klein beigegeben, Demütigungen eingesteckt, beschämt dagestanden hat, überrascht man sich selbst dabei, wie man, bei so viel Übung im Verzichten, leise mit dem Kopf nickt, lächelt und doch ein klein wenig enttäuscht ist, vom Reich der Einfachen weiter entfernt zu sein als je, wo man doch der Meinung war, sich ihm genähert zu haben. Ein Trugbild des Geistes, dem unsere Mutter, wenngleich sie es oft beschwor, nur zeitweilig anhing. Ihre überbetonte Mimik und exzessive Gestik taugten nicht als Vorbild. Zumal die Aufforderung zur Einfachheit für sie auch ein Mittel war, all denen den Wind aus den Segeln zu nehmen, die sich nicht mit ihrem Dasein zufriedengaben und vernehmlich träumten. Wenn sie sich über ein junges Mädchen lobend äußerte (das zum Beispiel eine Hochzeitsliste in ihrem Laden ausgelegt hatte), wurden unweigerlich die

Eigenschaften aufgezählt, die das schmeichelhafte Urteil rechtfertigten: sehr unauffällig, sehr zurückhaltend, sehr einfach. Um diesem Loblied der Unscheinbarkeit zu entsprechen, durften die Lippen weder dick noch unziemlich grell geschminkt sein. Es sei denn, die etwas zu bunt Angemalte war ein sonniges Gemüt. Da wurde sie gleich zur Natürlichkeit selbst und fand Gnade vor ihren Augen, der künstliche Schein galt in diesem Fall nicht als Mittel, um sich herauszustreichen, aufzufallen, sondern als Ausdruck sprudelnder Vitalität.

War dieser Argwohn gegen andere Frauen mit ihrer Internatszeit zu erklären, von der ihre Schwester Claire, die einige Jahre früher dort war und darunter gelitten hatte, allerdings sagt, sie könne sich nicht erinnern, daß unsere Mutter sich jemals darüber beklagt hätte, obwohl ihre Mitschülerinnen, die aus einem anderen Milieu stammten, sie dies vielleicht spüren ließen? Denn unsere Mama war eine Anomalie in dieser Institution, in der sonst Töchter aus höheren Kreisen die Zeit überbrückten, bis sie eine gute Partie machten. Was übrigens ihre beste Freundin tat, die den örtlichen Parlamentsabgeordneten heiratete und die, weil sie sich seit ihrer frühen Jugend das Lächeln versagte, um ein faltenloses Gesicht zu behalten, eine Gesichtsmuskellähmung bekam. Doch die Regeln des Gesellschaftsspiels wurden eingehalten, es gab keine Mesalliance: Die Tochter des Schneidermeisters heiratete den Sohn des Geschirrwarenhändlers.

Das Institut Françoise d'Amboise war eine Laune von Alfred, dem die stets elegante Kleidung und der berufsbedingte Umgang mit höheren Klassen zu Kopf gestiegen war. Er war auch immer ein wenig steif, und wenn wir uns in seiner Gegenwart gehenließen, drohte er uns: Dich nehme ich nicht mit ins Hotel Goldene Kugel, wobei wir nie erfuhren, ob es dieses Hotel tatsächlich gab oder ob es zu dieser Parallelwelt gehörte, wo man dem Mann im Mond begegnet, Luftblasen im Kilo kauft und reife Ohrfeigen pflückt, doch die Drohung, für immer vom großen Leben ausgeschlossen zu sein, wirkte sofort, und wir bemühten uns, lautlos zu schlucken und unseren Löffel so über den Teller zu führen, daß er kein Geräusch verursachte.

Aber diese Geschichte mit der vierzig Punkte kostenden Toilette (als ich sie mir am Tag vor den Weihnachtsferien endlich leisten konnte, bekam ich sie zum Zeichen des Friedens auf Erden bei den Menschen Seines Wohlgefallens geschenkt, was mich wurmte, denn ich hatte sie hart verdient, aber schließlich war ich doch froh, die Scheine noch zu haben, weil der WC-Papierhalter leer war), die wollte sie mir nicht glauben, jetzt übertreibst du aber. Natürlich wurden diese Kümmernisse und Sorgen nicht vorgebracht, als sie drückten, das war ja in der Zeit ihrer großen Trauer, sondern erst viel später, in einer Zeit, da man zurückzublicken beginnt und lernt, sich auch von einer nicht ganz so guten Seite zu zeigen, aber sie wollte es nicht glauben und legte schon die drei Finger auf den Mund, was ihr schallendes Gelächter ankündigte, mit dem sie die kleinen Malheurs anderer Leute bedachte. Sie wollte es nicht glauben, weil sie sich selbst auch ein wenig Vorwürfe machte, all diese finsteren Jahre hindurch nichts anderes wahrgenommen zu haben als diesen Abgrund unter ihr, diesen Sog der Bodenlosigkeit, dem sie nach dem Tod des Auserwählten lange Zeit nicht widerstehen zu können glaubte. Und von uns, die wir schwer zu tragen hatten, vielleicht anders als sie, freilich doppelt, denn zum Verlust unseres Vaters gesellte sich der Entzug der Mutter, die da ist und doch nicht da ist, wie Schrödingers Katze, sogar dreifach, denn wir mußten uns selbst helfen und wußten überhaupt nicht, wie, von uns dachte sie, daß es uns, vom fehlenden Vater einmal abgesehen, Gott sei Dank – oder dank ihres verdoppelten Arbeitstages, den sie bis spät in die Nacht ausdehnte, wo sie dann an der Schmalseite des Küchentisches über ihrem Kontenbuch einnickte, und wenn der Kopf unter dem ersten Ansturm des Schlafes tiefer und tiefer sank und sie ihn erschrocken wieder hob, entschuldigte sie sich, aber sie wolle noch abschließen, bevor sie schlafen gehe –, daß es uns Gott sei Dank an nichts mangele. Was stimmte. Bloß erschien unsere Traurigkeit so geringfügig im Verhältnis zur ihrer, daß wir vor ihr kein Aufhebens machen wollten. Auch nicht von unseren Problemen und Schwierigkeiten. Eine Regel des Schweigens hatte sich zwischen uns eingestellt, wir zahlten dafür teuer mit unseren Tränen. Über das Leben im Internat berichtete dein Brief am Montag, es gehe dir gut, du seist gut gereist im Bus, der seine Arbeiterfracht nach und nach, erst vor den Flugzeugwerken, dann vor der Werft von Méan-Penhouët ablud, so daß an der Endhaltestelle auf dem großen zugigen Platz, den wir im Winter mit einem Schal vor dem Gesicht unter der Last unserer Beutel und Schultaschen eiligst überquerten, nur noch wir drei oder vier Internatszöglinge ausstiegen.

Ein Mal, ein einziges Mal hast du dich hinreißen lassen und geschrieben, du habest die Nase gestrichen voll von diesem Internat, von diesen tausend Demütigungen, die zu ertragen seien, von dieser anhaltenden Angst, der du ausgesetzt seist, doch am Samstag darauf hast du vor lauter Freude, die vermaledeite Woche hinter dir zu haben und wieder daheim zu sein, auf die Frage nach dem Grund für die Klage in deinem Brief geantwortet, du wüßtest schon gar nicht mehr, worauf du dich eigentlich bezogen habest. Da sie nicht darauf erpicht ist, mehr zu erfahren, betrachtet sie den Fall als erledigt und verkriecht sich wieder in ihre Melancholie. So führt sie fast mechanisch Gesten aus, die zum gängigen Bild der guten Mutter gehören. Am Montagmorgen ist für die Rückkehr ins Internat alles penibel hergerichtet, die Sachen liegen so am Fußende des Bettes, wie sie angezogen werden müssen, Unterwäsche zuoberst, Pullover zuunterst, wir brauchen sie nur noch überzustreifen, und wenn wir nach unten kommen, dampft in den Tassen der Milchkaffee, und die Brote sind geschmiert (mit gesalzener oder ungesalzener Butter, so wie es jeder mag), die am Vorabend gepackten Taschen warten schon auf uns an der Ladentür, durch deren Scheibe sie nach dem Bus Ausschau hält, denn wenn er auf dem Platz bereitsteht, wissen wir, daß uns noch fünf Minuten bleiben, um unser Frühstück hinunterzuschlingen. Doch sobald der Fahrer den Motor anläßt, was man nicht so sehr am Geräusch als an der vom fahlen Licht der Straßenlaternen erhellten Rauchwolke erkennt, die in der Dunkelheit einen aus der Lampe fahrenden Geist bildet, haben wir keine Sekunde mehr zu verlieren, auf ihren Zuruf hin stürzen wir in den Laden, wischen uns unterwegs den Mund mit einer Serviette ab, die wir ihr in die Hand drücken, während wir ihr hastig einen Kuß geben, sie reicht uns die Taschen, hält uns die Tür auf und bleibt auf der Schwelle in der winterlichen Morgenkälte stehen, in ihren gesteppten Morgenmantel eingehüllt, den von Weihnachten, allerletztes Geschenk des Ehemannes, zu groß für sie, er reicht ihr bis zu den Füßen, aber ihn umzutauschen kam nicht in Frage, denn genau den hatte er ausgesucht. Wir finden ihn übrigens modern mit seinen großen schwarzen und rosaroten Blumenranken, auch das Synthetikgewebe, und als jetzt der Bus an ihr vorbeifährt, winkt sie uns ein wenig, wir winken durch das freigewischte Loch in der beschlagenen Scheibe zurück. Dann wendet sie sich wieder ihrer Einsamkeit zu, diesem Einerlei des langen leeren Tages, dem Kampf mit dem Engel der Finsternis und seinen mächtigen Verlockungen, Schluß zu machen.

Lange Zeit glaubte sie nicht daran, in diesem Zweikampf je siegen zu können, war vielmehr überzeugt, daß dies der Anfang von ihrem Ende sei und ihre Lebenskraft in weniger als einem Jahr zur Neige gehen würde. Es war kurze Zeit nach der tragischen Nacht. Unsere jüngste Schwester kam von der Schule nach Hause, rannte und hüpfte wie immer durch den Laden herein und zwischen Geschirrstapeln hindurch, und gerade als sie die Pendeltür zum Wohntrakt aufstoßen wollte, ließ ein schon allzu bekanntes Schluchzen sie erstarren, das vom Untergeschoß heraufdrang, wo sich die Trauerartikel und Eisenwaren befanden und der große Ladentisch zum Ausrollen und Zuschneiden der Wachstücher stand und wo unsere Mama weinte und mitten im Weinen einer Kundin gestand, sie glaube nicht, daß sie ihn um ein Jahr überleben werde, sie habe das Gefühl, es gehe über ihre Kraft, über ihr Wollen, ohne diesen Mann zu leben, der alles war, der sich um alles kümmerte, der alles trug, das heißt, ihrer drei Kinder wegen wolle sie es ja versuchen, das gebe ihr jeden Morgen die Kraft aufzustehen, denn sie brauchten sie, sie hätten nur sie, und sie sorge dafür, daß ihnen nichts fehle, und wenn die beiden Älteren ins Internat führen, habe sie alles hergerichtet, sie brauchten sich um nichts zu kümmern außer um ihre Hausaufgaben, und so mache sie alles, was zu machen

sei, aber sie sehe wirklich nicht, rein körperlich –
und sie spiele jetzt nichts vor, sie wolle mit dieser
Beichte kein Mitleid erregen –, nein, rein körperlich, so wie ihr dieser Rest Leben wie Sand durch die
Finger rinne, sehe sie wirklich nicht, wie sie das
schaffen solle. Und jetzt versetze man sich einen
Augenblick in das kleine Mädchen, das sich jeden
Abend, wenn es von der Schule kommt, fragt, ob
seine Mama noch am Leben ist, das ruft und ruft,
wenn es sie nicht sofort sieht, und sich erst beruhigt, wenn die mütterliche Stimme antwortet, und
das ein Jahr lang, denn es hat sich das Datum ge-
merkt und rechnet jeden Tag nach, wie lange es
noch dauert bis zum ersten Jahrestag, und erst als
die grausame Frist verstrichen ist, wagt es, einmal
erleichtert durchzuatmen. Für das Kind kann das
Leben nach dem Tod jetzt anfangen. Soviel vermag
also ein zehnjähriges Mädchen allein zu tragen,
Stunde um Stunde, dreihundertfünfundsechzig Tage
lang. Soviel vermag eine Mutter zu tragen, mit letz-
tem Mut und letzter Selbstverleugnung schleppt sie
diesen Körper bis zur Gnadenfrist am anderen Ende
des Jahres. Hier ist unser Ursprung. Diese heilige
Trauer ist unser schwarzer Quell.

Es kann auch sein, daß diese Klage eine Art Singen ist, wie der berühmteste jemals im abessini-
schen Harar stationierte Handelsvertreter an seine
Mutter schrieb. Deshalb wollen wir, um jeden poe-
tischen Verdacht zu zerstreuen, dieses Photo mit
dem feingezackten Rand betrachten, aufgenommen

im Pausenhof des Collège Saint-Louis in Saint-Nazaire, wenige Monate nach dem tragischen Verlust.
Dieser Junge da in der weißen Albe, mit dem Holz-
kreuz auf der Brust und der Goldrandbrille, deren
Gläser von einem Nylonfaden gehalten werden, mit
dem Blick schräg von unten und dem über den Ohren besonders kurzen Haarschnitt, dieser Junge, der
nicht recht weiß, was für ein Gesicht er machen
soll, vielleicht habt ihr ihn erkannt, das bin ich,
doch das sagt uns nichts Neues (ein Zusammenhang
mit dem jüngsten Todesfall besteht nicht, dieser
Mangel an Natürlichkeit, wie wir es der Einfachheit
halber nennen wollen, findet sich auch auf einem
sehr viel älteren Photo, das im Garten aufgenommen ist und auf dem der kleine Junge mit kurzer
Hose, weißem Hemd, weißen Socken und Sandalen
in Habachtstellung dasteht, um eine gute Figur zu
machen – was uns wie das Echo des mütterlichen
Befehls klingt: lernt eben, einfach zu sein, doch
nichts ist komplizierter, als das Einfachsein zu lernen), nichts Neues also, außer daß es sich offenbar
um eine feierliche Erstkommunion handelt, die zu
irgend etwas berechtigt, wozu, weiß man nicht
mehr genau, daß man nicht in die Vorhölle muß, das
ist es nicht, denn dafür ist die Taufe da, auch nicht,
daß man das Sakrament der Eucharistie empfangen
darf (also die Hostie schlucken, dieses ungesäuerte
weiße Brotmedaillon, welches gottlose Internatsbe-
wohner wie ein gewisser Gyf wieder aus dem Mund
holten und sich als Monokel aufs Auge klebten),

denn das darf man schon seit der unfeierlichen Erst-kommunion, nun, diese feierliche, große Erstkom-munion ist vor allem der Anlaß, die heißersehnte, in einer länglichen Schachtel liegende Uhr ge-schenkt zu bekommen, während das Missale, das man ebenfalls bekommt (Pate und Patin teilen sich in die Geschenke), mit Sicherheit nie geöffnet wer-den wird, der Sinn der Zeremonie entgeht also den allermeisten Teilnehmern – und die drei Besin-nungstage in irgendeinem nahen Kloster konnten den Sachverhalt auch nicht wirklich klären (abgese-hen vom erneuerten Versprechen, nicht unwürdig zu werden – aber was verspricht man nicht alles), doch das ist nicht das Wesentliche. Solche Photos gibt es Schubladen voll, und es sind auch nicht die, die man am häufigsten anschaut, denn dieses lange weiße Gewand bei den Buben, das gibt es schon lange nicht mehr, zumindest im Normalgebrauch, und sogar die Mädchen schätzen es nicht übermä-ßig, da sie bei all dem blendenden Weiß doch nicht mit der Garderobe einer Scarlett O'Hara konkurrie-ren können. Man ahnt, daß diese Albe das Jahrhun-dert schwerlich überleben wird, daß dies ihr Schwanengesang ist, genauso wie die Priester von Saint-Louis allmählich die Soutane aufgeben zugun-sten des kleidsameren schwarzen Anzugs mit römi-schem Kragen, in dem sie zwar noch nicht aussehen wie Handelsvertreter, aber um Frauen zu verführen, muß er praktischer sein (die zahllosen Knöpfe einer ganzen Soutane zu öffnen, das dürfte so manche abschrecken), er beengt sicher auch weniger, doch abgesehen von zwei oder drei Ewiggestrigen, die jederzeit bereit sind, sich vor den anrückenden Höllenmächten in einem Heuhaufen zu verstecken, scheint diese Frage der Säkularisation ausgestanden zu sein, wir werden uns also nicht in einen Kampf für oder gegen alte Zöpfe verbeißen. Das Wesentliche ist anderswo.

Das Wesentliche steht neben dem Sohn, es ist die schmerzensreiche Mutter, ganz in Schwarz, bis hin zur Handtasche am Unterarm. Nach der Tragödie wanderte ihre gesamte Garderobe in den Färberbottich, sogar das kleine Béret, dessen Rand schräg über die Stirn verläuft, dessen Schleier hochgenommen ist und das vorher so hübsch gelbbraun war. Doch daß sie überhaupt steht, ist physikalisch ein Rätsel, denn der Geotropismus ist zwar normal bei allem, was wächst auf Erden, die Mistel ausgenommen, doch dieses Stehen hier scheint gegen die Lebensgesetze zu verstoßen, welche Anwesenheit, Zustimmung, Wollen bedingen, sie hingegen ist da und doch nicht da (Schrödingers Katze), gleichsam abseits der Welt. Sie schaut zum Objektiv, doch ihr Blick kommt von so weit her, ist so eingesunken im Schatten der Augehöhlen, daß es scheint, als sei dem Licht unterwegs die Kraft ausgegangen, als bleibe von ihm nur ein mattes Strahlenbündel. Es ist ein Blick, der sich zum Schauen zwingt, was er nicht mehr gewohnt ist, ein müder, von Schlaflosigkeit und Tränen erschöpfter Blick, der sagt, seid mir nicht böse, aber was ihr von mir verlangt, kann ich nicht mehr leisten, es gehört zum normalen Spiel der Lebenden, dessen Regeln ich zur Zeit kaum mehr verstehe. Ihr macht dieses Photo von meinem Sohn zum Andenken an diesen Tag, an diese komische Zeremonie, die meinen Jungen als Engel des Himmels verkleidet sehen will, aber ich denke, diesen Schatten neben ihm nimmt der Film gar nicht auf, oder man führt ihn später darauf zurück, daß heller Sonnenschein die Wolkendecke durchbrochen hat, so daß man sagt, wenn man das kleine Stück Glanzpapier anschaut, es müsse ein schöner Tag gewesen sein. Für mich hingegen hat die lange arktische Winternacht begonnen, ich spüre ihren eisigen Hauch im Nacken. Von den Vorhöfen des Todes kehrt man nicht wieder. Ich habe es von diesem Leichnam erfahren, bei dem ich drei Tage und vier Nächte lang gewacht habe, und als nach den drei Tagen und vier Nächten ein süßlicher Geruch von dem geliebten Fleisch ausging, war es vorbei mit österlicher Auferstehung, und die Grabplatte schloß sich.

Die Tage und Nächte des Grams haben beiderseits ihres Mundes Abdrücke hinterlassen. Zwei tiefe gebogene Falten, die ihre Stimme in Klammern zu setzen, sie von der Welt abzusondern, zu isolieren scheinen, als hätten die Tränen beim Herabrinnen zwei fast den Kiefer abtrennende Rillen gegraben. Sie spricht auch nicht mehr, unsere Mutter von jenseits des Grabes. Die Energie, die es sie kosten würde, verwendet sie lieber dafür, sich am Leben zu erhalten. Beim Betrachten dieser Gestalt, die nur noch ein so schwacher Lebenshauch ist, daß man fürchtet, sie könne fortgetragen werden vom Meerwind, der ihr den Schleier hochhebt und den Mantel von hinten an die Beine klebt, ahnen wir die Unmenge an Kraft, die diese Überlebenskandidatin aufbieten mußte, um durchzuhalten. Im Augenblick, wie sie so durch die Tage wankt, veranschlagt sie ihre Chancen nicht sehr hoch.

Kurz nach dem Phototermin begeben wir uns in die Kirche, die außerhalb des Internats liegt, weil die hauseigene Kapelle als zu wenig geräumig für den Anlaß befunden wurde. Ein Bau, wie man ihn in Westfrankreich häufig antrifft, dunkler Schiefer, kreuzförmiger Grundriß, ungewisser gotisch-romanischer Stil, ein paar Jahre älter als der Eiffelturm, eines der wenigen historischen Gebäude, die im Zweiten Weltkrieg von den Bomben verschont blieben, während die Stadt in Schutt und Asche sank. Die Erstkommunikanten sollen im Gänsemarsch durch den Mittelgang einziehen, links und rechts neben sich die Eltern. Mein Vordermann hat seine nicht mehr, sie starben bei einem Autounfall, dennoch ist er nicht allein, ein Mann und eine Frau spielen Ersatz, so daß niemand etwas von der Tragödie bemerkt. Anders unsere Mutter, sie wollte nicht, daß ein anderer an die Stelle des eben Verstorbenen tritt, so daß uns der linke Flügel fehlt, als wir langsam zum Chor schreiten, ich zwischen dem Schatten und der Leere, den Blicken der versammelten Gemeinde ausgesetzt, die sich über diese sonderbare Hinkerei eines Erstkommunikanten wundert. Und der andere, der von der jungen Witwe Abgewiesene, der bescheidene Ersatzspieler, wohnt der Zeremonie ausgerechnet auf einen Stock gestützt bei, um sein steifes Bein zu entlasten, wodurch er leicht schief steht, also ein perfektes Spiegelbild abgibt, wie er da am Ende einer Bank steht und, seinem hinkenden Double betreten zulächelnd, die Theorie der weißen Alben vorbeiziehen sieht.

AUF EINER RESERVEBANK wäre er der zum Ersatz-
mann Bestimmte, der darauf wartet, daß sich einer
verletzt oder sonstwie ausfällt, um das Spielfeld zu
betreten, denn Onkel Emile ist ganz offiziell unser
Vormund. In Wirklichkeit begnügt er sich mit dem
Titel und versucht nicht, die Stelle des Unersetz-
lichen einzunehmen. Er will einfach dieser unver-
rückbare Pol sein, den wir furchtlos ansteuern können, und sein Ideal des Immer-da-Seins kommt uns
zugute, wenn es dunkel und stürmisch wird. Er hat
aus seinem Leben ein Meisterwerk zu machen ge-
wußt, und aus seinem Hinken – eine angeborene Behinderung, die sich durch keine Operation beheben
ließ – die Quelle besonderer Begabungen. Diesem
Handicap, das ihn als Kind zum Stubenhocker verurteilte, verdankt er, daß er das Klavierspielen und
einen sitzenden Beruf erlernte, nämlich den des
Uhrmachers (sein Laden grenzt an den unseren), irgendwann auch das Photographieren, wofür er auf
dem Dachboden eine kleine Dunkelkammer einge-
richtet hat, in der er selbst seine Glasplatten entwickelt und die Papierabzüge herstellt. Die Repor-
tage über den Tag stammt übrigens von ihm. Mit all
diesen Tätigkeiten hebt er sich einerseits von den

Sport- und Ballsüchtigen ab – seine Behinderung zwang ihn schon früh zur Fußballabstinenz –, andererseits verleihen sie ihm eine gewisse Distinguiertheit. Pomadisiertes, glatt nach hinten gekämmtes Haar, täglich Krawatte, Weste, Stöckchen mit Knauf, für die Verhältnisse unseres Landstädtchens mit zweitausend Einwohnern ist er geradezu ein Dandy.

Er verbringt die Tage an seiner Werkbank, einem schweren hölzernen Schreibtisch mit erhöhter Platte, auf der die feinen und empfindlichen Werkzeuge für die Ausübung seines Berufes säuberlich ausgerichtet nebeneinanderliegen (winzige Schraubenzieher mit Messinggriff, Zangen und Pinzetten, mit denen man eine Fliege am offenen Herzen operieren könnte). An diesem Ausguckposten entgeht ihm nichts, durch den halbdurchsichtigen weißen Baumwollvorhang des Schaufensters kann er das Kommen und Gehen im Städtchen verfolgen, auch wenn vor seinem rechten Auge die Uhrmacherlupe sitzt, ein kleiner schwarzer, an der Basis erweiterter Zylinder, den er in die Augenhöhle klemmt und dort manchmal zu vergessen scheint, wenn er mit einem Kunden ins Reden kommt. Mit dieser Augenprothese bewaffnet, kann er, zentimeternah über die bloßliegenden Innereien einer Uhr gebeugt, gleichzeitig seiner Arbeit nachgehen und zwischendurch das andere Auge heben und schauen, ob sich in seinem kleinen Straßentheater irgend etwas tut. Ihn interessiert das Komische, die spaßige kleine Begebenheit, die er dann vor seinem familiären Zuhörerkreis mit echtem Erzählertalent genußvoll aufbereiten wird. Seine Spezialität ist, eine Art Sketch mit bestimmten Lokalfiguren zu improvisieren, die ihm überraschende Geheimnisse anvertrauen: Marguerite Jagouët, eine Virginia Woolf in Holzpantinen, stopft sich an stürmischen Tagen die Taschen mit Kieselsteinen voll, um nicht davonzufliegen; Julien Bocquant, der zugibt, sich nur ein einziges Mal die Zähne geputzt zu haben, beim Militär, puh, und sein lückenloses Gebiß freilegt, rhinozeroshornfarben, Beweis für die erwiesene Nutzlosigkeit dieser Putzerei: Mit denen habe ich sogar ein Pferd gebissen; Mélanie Beuvron, die eine Uhr im Stil des Buffets ihres Eßzimmers kauft, welches sie jedoch aus Furcht, etwas zu beschädigen, nie betritt (wie Marc Gerigaud, der ein neues Fahrrad gekauft hat, aber weiterhin mit dem alten fährt); Mauricette Meignard, die erklärt, keine Unterhosen zu tragen, mit der rätselhaften Begründung: Brauche keine Unterhosen, um das hochzuheben (über welches Das unser Onkel trotz seines sokratischen Geschicks keine näheren Angaben zu entlocken vermag), oder Marie Marenteau, die ihre Technik des »Mosaikbades« erläutert: Am Montag wäscht sie sich die Füße, am Dienstag die Arme, und so weiter, wobei bestimmte Tage offensichtlich länger auf sich warten lassen. Wenn er spürt, daß sich ein Sketch zu einem ganzen Akt auswachsen wird oder ein besonders lohnender Auftritt bevorsteht, schickt er leise seine Mutter Clotilde, uns zu holen, damit wir das große Theaterereignis miterleben können. Mit dem Risiko, daß unser Hinzukommen der Vorstellung ein Ende setzt. Bei weiblichen Darstellern geschieht das häufig, doch betrunkene Männer legen erst richtig los, wenn sie vor einem größeren Publikum spielen dürfen. Manche wollen überhaupt nicht mehr abtreten, was den Onkel veranlaßt, seinen aus einsamen Kinderträumereien gespeisten Einfallsreichtum unter Beweis zu stellen. Ein kurzer Blickwechsel mit seiner Mutter oder seiner Ehefrau, und schon huscht eine von den beiden aus dem Laden, einen Wecker in der Hand, den man auch gleich schrillen hört, worauf eine Stimme zur Tür hereinruft: Emile, Telefon, und aus ist die Komödie.

Denn Onkel Emile war zwar der erste, der einen Kühlschrank, einen Fernseher, eine Waschmaschine, einen Elektrospeicherofen anschaffte und mit lauter solchen Dingen seine Begeisterung für das moderne Leben bekundete, aber Telefon hat er eigenartigerweise keines, obwohl seine Tätigkeit es doch erfordern würde, zumal an sein Uhren-Schmuck-Geschäft eine Abteilung Kurzwaren-Parfümerie-Schreibwaren angegliedert ist, die von den beiden Frauen seines Lebens geführt wird. Von seiner Mutter mochte er nie fortgehen, und seinen Vater hat er nur einmal gesehen, woran er sich nicht erinnern kann. Verständlicherweise, denn er war zwei Monate alt. Man hatte dem Frontkämpfer des Ersten Weltkrieges Sonderurlaub gewährt, damit er seinen neugeborenen Sohn sehen könne. Der Vater sah ihn und fuhr wieder weg, um sein Leben dem Vaterland darzubringen, welches, vertreten durch die dankbare Nation, seinen Namen in das Kriegerdenkmal der Gemeinde einmeißeln ließ, das sich hinter der Kirche befindet, und die Waise adoptierte. Emile, der, weil er hinkte, nicht mit den anderen Kindern herumrennen konnte, wuchs also als Einzelkind mit seiner Mutter auf und richtete es sogar ein, früher als sie zu sterben, nämlich rechtzeitig zum Pensionsalter, als er seine Tätigkeit, sein Haus und seinen Beobachterposten aufgab, gerade als die Quarzuhren auf dem Markt auftauchten, bei denen er sich nicht auskannte, und der billige Modeschmuck, wo er doch stets die goldenen Trauringe auf seiner kleinen Waage mit den zwei Schalen abgewogen hatte, bevor er den Preis nach dem momentanen Goldkurs festlegte, er war also, indem er geschwind abtrat, wenigstens sicher, die sich abzeichnende Langeweile und den Abschied von der Frau, die er niemals verlassen hatte, nicht erleben zu müssen. Onkel Emile warf wie jeden Morgen die Brotkrumen seines Frühstücks für die Vögel durch die offene Küchentür hinaus, als sein Uhren- und Theatermacherherz befand, jetzt sei Schluß.

Da er der einzige väterliche Verwandte war, erbte er, das Mündel der Nation, die Rolle des Vormunds. Eine undankbare Rolle für jemanden, dessen Schauspieleridol Jean Tissier war. Was heute praktisch niemandem mehr etwas sagt, aber beim Stöbern in Filmarchiven kann man auf Szenen stoßen, in de-

nen seine Gestalt auftaucht, groß, blond, lange
Nase, Haar nach hinten gekämmt, doch ohne Po-
made, mit ein paar widerspenstigen Borsten, die den
Eindruck verstärken, daß er sich mit dem Kopfkissen kämmte. Denn er vermittelte immer das Gefühl, als käme er gerade von einer Siesta und würde
am liebsten gleich die nächste machen, jedenfalls
hörten sich die zwei oder drei Worte, die er mit ver-
schlafener Stimme fallen ließ, so an, als sei Reden
für ihn ebenso anstrengend wie Gähnen. Man kann
ihn beispielsweise in einem Film mit dem Titel *Die
weiße Amsel* antreffen, der Ende des Krieges ge-
dreht wurde und in dem Julien Carrette als ewiger
aristokratischer Halunke mit eingezogenem Kopf
und einem Blick schräg von unten die Nase ins Dé-
colleté einer Dame steckt, die ihn überragt und der
er zusäuselt: Ich bin zwar klein, aber ich habe den
Vorteil, auf der Höhe Ihrer Vorzüge zu sein. Aber
auch *Die weiße Amsel* ist kaum in Erinnerung geblieben, jedenfalls nicht so wie *Der Rabe* oder *Die
Vögel*. Wie auch immer, Jean Tissier hatte mindestens einen Bewunderer, den Onkel Emile, der ihn
perfekt nachahmte und ihm sogar die Ticks und den
Tonfall entlehnte, wenn er mit seinem Cousin Joseph in *Der Bucklige* auftrat, einer Darbietung der
kleinen örtlichen Amateurtruppe, in der er die Rolle
des sehr niederträchtigen, gerissenen, skrupellosen,
dem Teufel verschriebenen Peyrolles oder etwas
Ähnliches spielte, jedenfalls etwas, wo er sich, in
eine Pelerine gewickelt, wie ein richtiger Verschwö-

rer das Gesicht verhüllen konnte. Aber sein Talent
kannten wir nur vom Hörensagen, das heißt von den
zwei oder drei Gelegenheiten, wo, mit einem Arm
vorm Gesicht den Verräter mimend, unser Vater darauf anspielte, welcher sich selbst den vergleichs-
weise nobleren Part vorbehielt, obwohl man ihn
nicht – was uns ein wenig schmerzte – den Lagar-
dère machen ließ, sondern nur dessen Diener Passepoil (nachdem er d'Artagnans Diener Planchet in
einer Aufführung der *Drei Musketiere* gespielt
hatte, hätte man wirklich erwarten dürfen, daß er
die Hauptrolle bekäme). Aber wenn unser Vater es
sagte, dann mußte es stimmen, daß Onkel Emile
großartig war, und obwohl wir ihn nie auf der Bühne
sahen, zweifelten wir nicht an seinen schauspieleri-
schen Leistungen, die ihn, das erschien uns ganz fol-
gerichtig, weit über einen Jean Tissier stellten.
Denn in Wirklichkeit hatte er – unser Vater auch, allerdings später und aus Zeitmangel – bereits auf
seine Jugendheim-Schauspielerkarriere verzichtet,
als wir Tante Marie zu den Proben der kleinen Thea-
tertruppe begleiteten und uns neben sie auf die
Holzbank im Souffleurkasten setzten, von wo aus
sie dem Gedächtnis der Spieler nachhalf, indem sie
ihnen die entfallenen Dialogstellen zuzischte.

Übrigens war er für uns nicht Schauspieler, sondern Zauberer, und in seiner Pelerine sahen wir ihn
eher als Mysterienmeister. Das paßte besser zu seiner ungewöhnlichen Kindheit. Man darf annehmen,
daß er bei den vielfältigen Abenteuern seines um-

triebigen Cousins nicht aus eigenem Antrieb mitmachte (der ein Boot gebaut und es zu Ehren von Charcots Antarktis-Schiff *Pourquoi-Pas* getauft hatte, und obwohl es im Unterschied zu seinem berühmten Namensgeber zu schwimmen schien, machte Emile, mit Sonnenbrille im Heck sitzend und im Gegensatz zum Ausflüglerlook seiner Kameraden elegant gekleidet, allerdings ein bißchen steif, nicht den Eindruck, an dieser Expedition zur See übermäßiges Vergnügen zu finden). Seine Glanznummer war, Geldstücke vor unseren Augen wegzuzaubern, er hielt sie zwischen Daumen und Mittelfinger in der erhobenen Hand, schnippte mit den Fingern, pfft, Geld weg (er sagte das). Natürlich schauten wir an die Decke, suchten am Boden unter seiner Werkbank, drehten und wendeten seine geöffneten Hände, bis wir schließlich auf einen eindeutigen Fall von Spontan-Entmaterialisierung schlossen und ihn anbettelten, das Geldstück wieder herzuzaubern. Die Bitte wurde erhört. Er wühlte kurz mit dem Arm in der Luft herum, tat, als würde er darin fündig, und hopp (seine Texte improvisierte er selbst), als hätte er mit zwei Fingern eine Mücke gefangen, hielt er uns das Geldstück wieder vor die Nase, oder eines von anderem Wert, worauf er stutzte, sich für das Versehen entschuldigte, das falsche Stück wieder verschwinden ließ und erneut in der Luft herumwühlte.

Wir bewunderten ihn um so mehr, als er sich seiner Konkurrenz als mindestens ebenbürtig erwies.

Von Zeit zu Zeit bauten auf dem Platz kleine Zirkusse ihr Zelt auf – manche nicht einmal ein Zelt, nur Bänke im Kreis –, worauf nachmittags ein Lautsprecherwagen die Gegend abfuhr – der Fahrer hielt selbst das Megaphon aus dem heruntergekurbelten Fenster und leierte seinen Spruch herunter, mit der anderen Hand lenkte er –, Sondervorstellung, heute abend einundzwanzig Uhr, aber mit einer solchen Häufung von Superlativen, daß man der Sache nur halb traute. Die einige Tage zuvor angeklebten Plakate zeigten zwar auf rot-gelbem Hintergrund wilde Tiger, die mit aufgerissenem Rachen durch brennende Reifen sprangen, Artisten, die von Trapez zu Trapez flogen, Clowns mit roter Nase, deren Lachmund bis zu den Ohren reichte, Elefanten, die auf dem Rüssel balancierten, und Zauberer, die die Titanic verschwinden ließen, doch die Vorstellung bestand dann doch nur aus einem mageren Pferd mit Federbusch, das im Kreis herum trabte, während eine auf seinem Rücken stehende Reiterin dem spärlich die Holzbänke bevölkernden Publikum Küßchen zuwarf und ein gelehriges Hündchen mit schillerndem Seidenzylinder auf dem Kopf und duftigem Tutu um den Bauch sich fragte, wann es endlich wieder normal, das heißt auf allen vieren, laufen könne. Und damit man den Sinn des Abends auch ja nicht vergaß, hatte man zur Erhöhung der Fröhlichkeit zwischen jeder Nummer das Gelärme des diensthabenden Clowns zu ertragen, der über seine riesigen gelben Schuhe stolperte und Guten

Abend liebe Kinder oder etwas Ähnliches brüllte, aber die Schau war so erbärmlich, daß man am Schluß aus Leibeskräften applaudierte, nur damit die Zirkusleute mit einem guten Eindruck von uns wegfuhren und uns nicht hochnäsig schimpften.

Für unsere Enttäuschung machten wir letztendlich das Fernsehen verantwortlich, für das Onkel Emile, der Telefonverächter, als einer der ersten in der Gegend einen Empfänger angeschafft hatte. Ein gewaltiges Ereignis schon von den Ausmaßen her, denn der Kasten bestand aus etwa gleichviel Holz wie ein normannischer Schrank, bei postkartengroßem Bildschirm, außerdem bescherte er ihm an manchen Abenden ein ebenso zahlreiches und aufgeregtes Publikum wie den Brüdern Lumière die erste Vorführung ihrer Erfindung im Grand Café, rings um den Küchentisch standen Stühle, und manchmal mußten wir noch welche rüberbringen. Als Cousins und Nachbarn kamen wir natürlich am häufigsten, vor allem am Mittwochabend, vor dem schulfreien Donnerstag, wenn Zirkusvorstellungen auf dem Programm standen, aber soviel war klar: Bei all den fabelhaften Nummern aus der ganzen Welt, die uns da ins Haus geliefert wurden, konnte uns fortan nichts mehr so leicht in Staunen versetzen. Was Onkel Emile noch mehr als die eigentlichen Nummern beeindruckte, war Monsieur Loyal, der elegant diese großartige Parade dirigierte und dessen Tränensäcke, die wir mit hochgezogenen Backen nachzubilden versuchten, zu hochwichtigen

Kommentaren Anlaß gaben. Während die Frauen sich erschrocken fragten, ob das womöglich die Folgen eines hemmungslosen Lasterlebens seien, diagnostizierte der Uhrmacher mit Bestimmtheit: Nichts da, der ist herzkrank – worin er sich, Rimbaud ähnlich, der sein Schicksal der grausamen Verstümmelung nach der Rückkehr aus Abessinien vorausahnte, als erstaunlich prophetisch erwies, denn nach mehreren Warnsignalen starb er selbst den Herztod –, und durch dieses Damoklesschwert über dem Kopf und diese Tränensäcke unter den Augen verwandelte sich der heldenhafte Präsentator, dessen tadellos sitzende Anzüge mit Satinrevers unsere wegen Geschirrspülens verspätet hinzukommende Mama mit sicherem Schneidertochterblick taxierte (man mußte sie häufig bitten, still zu sein, wenn ein Trommelwirbel ein hochgefährliches Kunststück ankündigte), in eine Art Admiral Nelson, der von seinem mit Kleie gefüllten Faß herab die Schlacht lenkt, oder in einen Molière, der bei der letzten Aufführung des *Eingebildeten Kranken* Blut spuckt. Zumal wir sein Talent auf der Höhe unserer größten Dichter anzusiedeln bereit waren, weil er immer neue Lobesworte fand, die Nummern gereimt ansagte und seine Kommentare mit schillernden Wörtern ausschmückte, zum Beispiel: Wenn es die phantastischen, oder die fabelhaften, oder die hinreißenden Orsinis nicht gäbe, müßte man sie erfinden, und wenn man so etwas mit acht oder neun Jahren zum ersten Mal hört, muß es einem als ungeheuer geistsprühend vorkommen. Vielleicht hat Onkel Emile sich auch an seine einsame Kindheit erinnert und insgeheim Verse zu schmieden versucht wie sein illustres Vorbild. Denn oft kam er mit einem witzigen selbstverfaßten Vierzeiler daher, den er mit seiner eleganten Schönschrift auf ein weißes Etikett mit rotem Bändel, wie er sie als Preisschild an seinen Uhren befestigte, übertragen hatte. Darauf war er zu Recht stolzer als auf jenes andere, bis heute unerreichte Kunststück, nämlich aus den Ohren zu rauchen. Ins eine steckte er die Zigarette, aus dem anderen kam der Rauch heraus. Aber hier ist man wirklich mit seinem Latein am Ende, es sei denn, man nimmt einen quer durch den Kopf verlaufenden Gehörgang an.

Er zauberte unentwegt, insbesondere auch dann, wenn man ihm eine stehengebliebene Uhr brachte, die er aufmachte und mit einer kleinen, in ein dünnes Rohr mündenden Gummibirne auspustete, worauf das Werk zu laufen begann und der Anker als Miniatur-Erdölpumpe seine Wippbewegung wieder aufnahm, um Zeittropfen zu fördern, und er, lange überlegend und die Lippen bewegend, als würde er astronomische Summen zusammenzählen, zum glücklichen, aber die Kosten bedenkenden Besitzer, das mache ein Vaterunser und drei Gegrüßet seist du Maria. Die Stammkunden kannten den Tarif längst, aber es gehörte zum Ritual, bei dem jeder mitspielte und tat, als wäre er heilfroh, so günstig weggekommen zu sein. Dieser Mann nun, dessen

Leben so geregelt war wie eine Uhr (er war übrigens für die Ganggenauigkeit der Kirchturmuhr verantwortlich, und um zur Turmspitze zu gelangen, hatte er, das Bein nachziehend, dreihundert Treppenstufen zu bewältigen), der immer zur Stelle war, bei jedem Gottesdienst und jeder Zeremonie, die seine Anwesenheit an der Orgel erforderte, also jeden Morgen und dreimal am Sonntag plus an den Hochzeiten, Taufen und Beerdigungen, der sich als Vorsänger selbst auf dem doppelten Manual begleitete, mit Operetten-Baritonstimme und so übertriebener Dynamik, daß man sich bei den Pianissimos schon Sorgen um ihn machte, doch drei Takte später folgte ein dramatisches Fortissimo und wir waren beruhigt, der jeden Samstagmittag mit seinem Schlenkerschritt das Städtchen hinunter ging, um im Café mit Freunden zusammen einen Aperitif zu trinken und eine Kartenpartie auszutragen, sie mochte aber noch so spannend sein, er brach sie mitten im Stich ab, wenn Zeit zum Nachhauseweg war, der mit ausgebreiteten Armen jeder Bewegung im Laden Einhalt gebot, wenn er ein Uhrenteilchen verloren hatte, bis seine Mutter, den Boden mit dem Handbesen Fleck für Fleck abkehrend, das winzig kleine Rädchen gefunden hatte, der unserem Pyrex, dem kleinen schwarzweißen Rattenfänger, unter der Toilettentür im Hof Zuckerstückchen durchschob, welche das Hundchen schon schnuppernd erwartete, der für Schweizer Schokolade schwärmte, für Suze-Likör, Petroff-Klaviere, die *Mondscheinsonate* und die *Glocken von Corneville*, woraus er, das Libretto zu unserer Freude in weniger noblem Sinne abwandelnd, die berühmteste Arie sang: Dreimal hab' ich die Welt umrundet, der einen Simca Aronde fuhr, welchen er von seinen Frauen wie Silbergerät polieren und zwischen zwei Ausfahrten, deren Restaurant-Entdeckungen über seine Ferienroute entschieden, mit einer maßgeschneiderten Haube abdecken ließ, der mit Wonne Pfeife und Zigarillos rauchte, der auf einem in der Garage aufgebauten Vorläufer des Zimmerfahrrads strampelte, dabei Zeitung las und Pyrex ständig mit Zuckerstückchen fütterte (so daß unser kleiner Hund zahnlos starb), der sein Haar mit Brillantine einschmierte, um es glatt nach hinten kämmen zu können, dieser Mann also hörte an einem Tag nach Weihnachten um zehn oder elf Uhr abends gegen die an unser Haus anstoßende Wand seines Zimmers trommeln, hörte durch diese Wand hindurch um Hilfe schreien, hörte die Ehefrau seines Cousins völlig außer sich seinen Namen brüllen und fand sich als erster am Ort des Verbrechens ein. Denn ein Verbrechen, ja, dieses plötzliche Umkippen eines einundvierzigjährigen Mannes war eines, denn es lag wirklich ein Toter auf dem grauen Linoleumboden des Badezimmers, denn unsere kleine Tante Marie, die als mystische Miss Marple kurz darauf mit dem Rosenkranz in der Hand eintraf, wußte es genau, sie kannte den Täter. Sie hatte schon so lange mit ihm zu tun, daß gar kein Zweifel möglich war, außer dem Zweifel aller

Zweifel: Wie konnte Er, der sich als die Liebe selbst ausgab, so etwas zulassen? Ein theologisch dermaßen verzwickter Fall, daß sie darüber den Verstand verlor, bevor sie ins Koma hinüberdämmerte und der Welt im Irrenhaus Adieu sagte. Insofern war ihr Aufenthalt dort gar nicht so unsinnig, wie es schien, denn aus ihrer Sicht war es nach dem, was passiert war, entbehrlich, bei vollem Verstande zu sein. Was den Ofen ihres Häuschens betrifft, der in diesem Kriminalfall als Täter herhalten mußte, indem er mit giftigen Abgasen ihr Gehirn geschädigt haben soll, so war er ein bequemes Alibi. Er würde nicht vor Gericht gehen, würde sich nicht zu verteidigen suchen, ihn freizusprechen wäre aber darauf hinausgelaufen, unseren Vater durch sein plötzliches Sterben für den Tod seiner Tante verantwortlich zu machen. Wir waren zu verstört, um eine solche Anklage zu erheben. Also ist es der Ofen gewesen.

Was unsere Mutter betrifft, so kommt es einem vor, als träte sie durch ihre Faustschläge gegen die Wand zum ersten Mal in Erscheinung, als wären die vielen Jahre der Aufopferung für die Familie gleichsam ein langes Austragen, ein Wartezustand gewesen, und als jetzt ihre Stunde gekommen ist – die ohne diese Tragödie möglicherweise nie gekommen wäre, und dann hätten wir von einer anderen Tragödie, nämlich daß ein Leben verschlafen wurde, nie etwas erfahren –, da also scheint sie, so lange der Macht des Wortes beraubt und sich an die Trommelwirbel im Fernsehen erinnernd, die angesichts töd-

licher Gefahr atemlose Spannung hervorrufen sollten, nur über dieses eine primitive Mittel zu verfügen, um auf ihren Eintritt in die Welt aufmerksam
zu machen, und vielleicht will sie mit diesem dramatischen, einen plötzlichen Tod meldenden Tam-
tam gleichsam ihre Geburt bekunden. Da fragt man
sich auf einmal, ob der Verlustschmerz nicht ein
allzu bequemes Argument sei und man nicht zuviel
auf ihn schiebe, ob der Kummer wirklich aus-
schließlich dem Verstorbenen gelte, ob man dieser
Geburt nicht auch das Weinen des Neugeborenen
zugestehen müsse, ob man nicht die Tränen ausein-
anderhalten, das Ausgesprochene des Todesschrek-
kens vom Unausgesprochenen des Lebensschreis
unterscheiden sollte. Denn sie schreit, unsere brutal
in die Dezembernacht geworfene Mama, genau wie
das Kleine, das aus seiner Wasserhöhle kommt und
mitleidlos in das große Stickstoff- und Sauerstoffbad
getaucht wird. Leben, wie geht das eigentlich?

Die Hilflosigkeit des Neugeborenen, die kennt
sie. Ihr erstes Kind hat sie verloren, als es drei Wochen alt war. Man kann sich vorstellen, daß ihr ein
Jahr wie ein unerreichbarer Horizont vorkam. Ein
Jahr, in dem permanent der plötzliche Tod und tausend heimtückische Gefahren drohen, ein Jahr, um
die Gesetze des Gleichgewichts zu verinnerlichen
und die aufrechte Haltung einzunehmen, wofür
unsere Vorfahren drei Millionen Jahre gebraucht haben, ein Jahr ist für jedes Neugeborene eine Ewig-
keit. Und dieses Schweigen, in das sie sich nach dem

Tod unseres Wortführers hüllte, das sie nur brach, um uns zu fragen, was wir essen wollten, genau wie die kleinen Kinder, die nach ihrem Magen gehen, als hätten sie einen Wecker geschluckt, dieses Schweigen, das wir unwillkürlich der Tragödie zuschrieben, die uns zu Sprachwaisen machte, mag ja sein, daß sie nicht sonderlich schnell war, unsere Mutter, aber wie lange braucht ein Kind, bis es sich korrekt ausdrücken kann? Fünf Jahre? Sechs? Zehn, bis es eine Ware fachmännisch anbieten und Chromstahl von Aluminium, Tafelglas von Sicherheitsglas, geschliffenes Kristall von Preßkristall unterscheiden kann? Das entspricht genau dem Betrag an Jahren, den sie von ihrem Zeitguthaben beanspruchte, um zum vollen Gebrauch der Sprache zurückzufinden. Aber wenn es einmal soweit sein wird, wehe dem, der neben ihr im Zug sitzt und unbedacht ein Gespräch anknüpft, er wird zwei Haltestellen vor seinem Bestimmungsort aussteigen müssen, um dem Redeschwall seiner Reisegefährtin zu entkommen. Und Trauer zu tragen war zwar allgemein Brauch, auch die Männer hatten ein schwarzes Crêpe-Band am Revers, sie aber trug ostentativ nur Schwarz, von oben bis unten, genau das Gegenstück zum Weiß der Säuglingsgarnituren, und auch weit länger, als es die Konventionen geboten. Bis sie sich gewappnet fühlt und die Schleier fallen? Doch wenn sie einmal die Farben hißt, dann werden die Leute Augen machen.

Einstweilen ruft unsere Mama um Hilfe, indem sie gegen die Türen zum Leben anrennt und mit ge-

ballten Fäusten gegen diese Membranwand hämmert, die sie daran hindert, sich mit reiner Luft
vollzusaugen. Sie scheint plötzlich so verloren, so
hilflos zu sein, daß uns von diesem Nullpunkt ihres
zweiten Lebens die Erinnerung eines Zusammen-
bruchs bleibt. Für sie ist es, als werde ihr der Boden
unter den Füßen weggezogen. Bis jetzt hat sie sich
auf ihre großen Männer gestützt, den Vater und den
Ehemann, den einen hatte sie für den anderen verlassen, und am Tag nach ihrem vierundzwanzigsten
Geburtstag hatte sie einen Unterschied in ihre Lie-
besbeziehungen gebracht, indem sie diesen neuen
geöffneten Leib annahm. Durch den sie der Welt
das Leben und den Tod bescheren wird. Das Leben
uns dreien: Marie-Annick, genannt Nine, Marie-
Paule, das kleine Mädchen vom Laden, genannt Zi-
zou, was nicht genau ihr Spitzname war, aber den
richtigen, historischen, den sie nach der Familien-
legende mir verdankte, mag sie nicht mehr gerne
hören, also will ich nicht wieder damit anfangen,
und schließlich mir (dem Männergesellschaft wenig
behagt, die Gespräche ermüden mich), Jean, mit
Namenstag am siebenundzwanzigsten Dezember,
dem Fest des Lieblingsjüngers Johannes, der jene
Dinge bezeugt und aufgeschrieben hat, des Verkünders froher Botschaft, des vierten Evangelisten, des
Verkünders auch der Apokalypse, aber daran glaube
ich nicht, irgendwas stimmt da nicht, ganz andere
Handschrift, dieser hochtönende, bombastische
Stil, dieses Serienfilm-Requisitenlager, die vier

Rosse, die Flammen, die Panzer, der Drache, die Schwerter, und der siebente Engel, der seine Posaune bläst, der Verfasser wäre dann ja ein ehemaliger Fischer gewesen, und beim nicht-synoptischen Text passen die Metaphern auch, Fisch, Boot, Netze, aber hier, nein, wirklich nicht. Es sei denn, man nimmt Altersdemenz an, oder ein Trauma durch das Bad im siedenden Öl (was zum Beispiel den vierten Engel erklären würde, der seine Schale über die Sonne ausgoß und die Menschen mit Feuer versengte). Jean also, Johannes mit dem doppelköpfigen Adler, wie ich jedesmal hervorhob, wenn man mich mit dem Geläufigeren, dem Täufer, der Sommersonnenwende verwechselte, eigentlich aber Jeannot, denn so hieß ich bei der ganzen Familie und den Menschen meiner Jugend. Jeannot, was meine Mutter nach meinen literarischen Großtaten nicht mehr sagen konnte, als kennte sie die Frucht ihres Leibes nicht mehr, als wäre ich plötzlich fast ein Fremder geworden – woher kommt der eigentlich, von mir oder von seinen Büchern? –, die also mit achtundsechzig Jahren noch anfing, mich Jean zu nennen, was sonderbar, fast falsch klang, denn Jean ohne alles, das geht nicht, das ist so kalt, so wenig liebevoll, weshalb die wenigen im Städtchen, die nicht das Diminutiv Jeannot gebrauchten, eine Umschreibung benützten, um dasselbe zu sagen, was Kleiner Jean ergab (über die Berechtigung des Adjektivs ist nichts hinzuzufügen), und ich fand das rührend, sogar ergreifend, plötzlich fühlte ich mich liebenswürdig, so liebenswürdig, daß ich dafür ganze Schlangen von Würsten, Berge von Fleischpastete, Wannen voll Schmalz gekauft hätte, um diesen Leuten, die die beste Metzgerei im weiten Umkreis betrieben, meine Dankbarkeit zu bezeugen. Aber es durften doch nur dünn geschnittene Schinkenscheiben und manchmal eine Tranche feine Leberpastete sein, die das Messer der Metzgersfrau immer zu breit veranschlagte, soviel?, ein bißchen weniger, worauf sie die Schneide ihrer Klinge um einige Millimeter verschieben mußte, bevor sie sie hinunterdrückte und eine hellrote, von einer weißen Fetthaut umhüllte und von einer wabbeligen Schicht goldener Sülze gekrönte Portion abschnitt, die sie uns auf einem mit lachenden Schweinchen bedruckten Papier hinhielt. Alles? Ja, nur war der bezahlte Preis immer viel zu niedrig für dieses »Kleiner Jean«, das ich bekommen hatte. Denn, das bestätigte meinen Verdacht, am Fernsehen bei Onkel Emile hatte ich auch bemerkt, daß jedesmal, wenn in einem gefilmten Theaterstück ein ernster, leicht prätentiöser, insgesamt eher alberner junger Mann auftrat, man ihn mit meinem Vornamen in der trockensten Version ausstaffiert hatte, worin ich mich mühelos selbst erkannte, und man ahnt, mit welcher, ja, Traurigkeit, als könnte ich der Schicksalhaftigkeit meines heiligen Namenspatrons nicht entrinnen. Mama entschuldigte sich also fast, wenn ihr ein »Jeannot« herausrutschte, sie verbesserte sich, sie habe »Jean«

sagen wollen. Von wem redest du, Mama, von welcher angeblichen Berühmtheit? ich bin es doch.

Als wäre sie gewärtig, ihren zweiten Sohn zu verlieren. Vom ersten kannten wir nur dieses einzige Datum, das in eine weiße, vorn an der Granitplatte des Familiengrabes befestigte Marmortafel eingraviert war. Und das ist, man sehe sich ringsum die Friedhöfe an, doch recht merkwürdig. Normalerweise steht ein Leben zwischen zwei Zahlen, die die irdische Laufbahn begrenzen, sie sind Eingang und Ausgang, und dem also mathematisch Bezeichneten bleibt anheimgestellt, wie er die dazwischen stehende Gleichung mit allen Unbekannten löst. Am Grab eines Fremden studiert man die beiden Jahreszahlen wie einen Kontoauszug, den man mangels näherer Angaben mit Liebe, Leid, Gesprächen, verschlungenen Leibern, verflogenen Liedern ausfüllt. Aber hier, Pierre – 1947. Was hat das zu bedeuten?

Etwas Todtrauriges, unser Vater sah damit sein altes Unglück wieder hereinbrechen, als ob die Begegnung und die Heirat mit seinem geliebten kleinen Wolf – so redete er sie in seinen Briefen an – nur ein schönes Zwischenspiel in der Kette seiner Tragödien gewesen wäre, ein bloßes Versehen seines Schicksals, das, leichtsinnig und unaufmerksam geworden, mit diesem toten Kind aber wieder zur Normalität zurückgekehrt wäre, zum Reigen der Todesfälle in der Familie, Brüder und Schwestern Schlag auf Schlag gestorben, bei der Geburt oder schon vorher, und in den ersten beiden Jahren des Zweiten

Weltkriegs Mutter und Vater, als er neunzehn war und nunmehr völlig allein auf der Welt, ein bigottes Tantchen als letzte Angehörige. Doch an diesem vierten Juli neuzehnhundertsechsundvierzig will er am Arm seines in duftiges Weiß gekleideten kleinen Wolfs einen Neuanfang machen. Die Vorzeichen sind diesmal geradezu prächtig, der Hochzeitszug, der das Brautpaar zum Ausgang der Kirche von Riaillé schiebt, scheint von fröhlicher Zuversicht beseelt zu sein – seht nur das Lächeln auf jedem Gesicht, diese Leute sind nicht als Statisten hier, in Zweierreihen nebeneinandergehend bilden sie eine fröhliche Phalanx gegen das böse Schicksal. In der Folgezeit läßt sich denn auch alles bestens an, und übrigens, weil man das Schicksal nicht herausfordern will, wird dieses Kind, das sich nach einigen Monaten ankündigt, in einer Klinik zur Welt kommen und nicht zu Hause, wie es in diesen heroischen Zeiten und abgelegenen Landstrichen der Brauch noch verlangt. Bloß keine derart finsteren Praktiken beim Kind des Glücks. Es soll die Aufgeklärtheit der Stadt bekommen, das Beste vom Besten, das Nonplusultra an Prophylaxe und Fortschrittlichkeit. Worin Nantes als Inbegriff der Zivilisation jegliche Gewähr bietet, auch wenn die Reise dorthin beschwerlich ist. Vierzig Kilometer langsame Fahrt auf enger Straße mit geflicktem Belag, am Steuer eines Autos, dessen Lenkung akrobatisches Geschick und dessen auf Armaturenbretthöhe liegender Schaltknüppel die Arme eines Stahlgießers erfordert. Unwahrscheinlich also, daß man die ersten Wehen abgewartet hat, um sich auf den Weg zu machen. Bei den Erschütterungen des Vehikels und der langen Fahrzeit wäre das Risiko zu groß gewesen, und die junge Wöchnerin hätte womöglich mit den Rücksitzen vorlieb nehmen müssen, um das Neugeborene in Empfang zu nehmen. Vertrauen wir also dem großen Joseph und seinem Pioniergeist. Man darf davon ausgehen, daß seine junge Frau rechtzeitig an Ort und Stelle war, bestens aufgehoben, umsorgt von einem Schwarm von Schutzengeln, ab und zu schaut mit Halbgottmiene der große Gynäkologe vorbei, um nach dem Fortschritt der Wehen zu sehen, er betastet die zum Platzen gespannte Bauchdecke und versichert in väterlichem Ton, es sei alles wunderbar, kein Grund zur Beunruhigung, alles werde gutgehen. Da ist man schon heilfroh, sich für die Klinik entschieden zu haben, und denkt bedauernd an jene Ärmsten, deren Niederkunft sich noch zwischen einer Schüssel heißem Wasser und den aufgekrempelten Ärmeln einer autoritären Hebamme abspielt, die sie anherrscht, fester zu pressen, um den kleinen blutigen Pfropf, der den Ausgang versperrt, herauszubefördern. Die Annehmlichkeit ist zwar nicht ganz billig, aber der künftige Vater scheut keine Ausgabe, wenn es um den Komfort und das Wohlergehen seines geliebten kleinen Wolfs geht.

Zumal es durchaus sein kann, daß er insgeheim darunter leidet, seiner Liebsten einen gesellschaftlichen Abstieg zugemutet zu haben, indem er sie in sein ländliches Campbon heimführte. Das Haus des Geschirr- und Haushaltswarengroßhändlers kommt an das des Schneidermeisters nicht heran. Kein Vergleich zum Beispiel zwischen den beiden Treppen: Die eine, aus rötlichem Holz, beschreibt eine weite Spirale und führt zu einem hellen Vorplatz, vom dem aus zwei labyrinthische Gänge zu sechs oder sieben Zimmern führen, die andere steigt in gerader Linie nach oben und macht dann plötzlich eine scharfe Kurve, die beim Hinuntergehen, vor allem wenn man die Arme beladen hat, nicht ganz leicht zu nehmen ist, von der aus wir auch gelegentlich auf dem Hosenboden hinunterrutschten, Stufe um Stufe bis ganz hinunter. Undsoweiter undsofort, in jedem Punkt, in Größe, Komfort, Ästhetik, Charme, Schmuck, fällt die Gegenüberstellung zugunsten des Schneiderhauses aus – auch bei den Gärten (unser armer Garten ist ein schmaler Streifen, und trotz einiger Blumenrabatten kann er seine Zugehörigkeit zur arbeitenden Klasse schlecht verleugnen, Lagerraum, Schuppen, Kartons, Kisten, Schubkarre, Bastlerwerkstatt und, obwohl wir nie begnadete Nutzgartler waren, ein Erdbeerbeet und ein paar Sauerampferstauden für die Saucen, und wenn der Birnbaum vor Tante Maries Häuschen je eine eßbare Frucht trug, holten sie die Wespen). Was spräche also für das Haus in Campbon? Die Nähe des Meeres? Nicht bei einer Brégeau-Tochter, die schon weit vor dem Sommer sechsunddreißig alle ihre Ferien in Préfailles verbrachte, einem kleinen Badeort südlich der Loiremündung, wo einem Onkel der Familie mütterlicherseits ein Hotel mit einer Art Kasino gehörte, was uns diese vielen Photos von lachenden Kindern am Strand beschert hat, auch das, wo Mama im Alter von acht oder neun Jahren, Pagenkopf à la Louise Brooks, Strohhut auf dem Hinterkopf, Kleidchen mit hoher Taille und Saum über dem Knie, so glücklich wirkt zusammen mit ihrem Cousin Freddy, dem Schlitzohr, der in einer unförmigen, von einem Gürtel gehaltenen kurzen Hose auf die Stufen eines leiterähnlichen massiven Gerüsts geklettert ist und oberhalb von ihr vor dem Photographen Faxen macht, den Hals weit aus dem V-Ausschnitt seines auf bloßer Haut getragenen Pullovers gereckt und die Augen zum Himmel erhoben. Es kann sich nicht um einen einzelnen Augenblick gehandelt haben. Die Freude dauert schon länger an, man hat sie nur gebeten, kurz innezuhalten in ihrem Flug, und das Lachen, das auf diesen Kindheitsgesichtern von ihr spricht, wird nicht gleich wieder verstummen.

Dabei hatten wir immer geglaubt, unsere Mama hasse das Strandleben, angeblich weil sie im Gegensatz zu ihren Geschwistern nie schwimmen gelernt hatte, und wir im selben Zuge gleich auch nicht, denn mit ihrem Starrsinn und ihrem wortlosen Schmollen, wenn etwas nicht nach ihrem Kopf ging, hatte sie ihre neue Familie dazu gebracht, auf Fahrten an unsere fürstlichen Strände von Saint-Marc,

Sainte-Marguerite, Pornichet und La Baule zu verzichten, die vielleicht bloß den Fehler hatten, an der Verlängerung des nördlichen Schenkels der Flußmündung zu liegen. Denn es ist noch gar nicht so lange her, daß man weit flußaufwärts, bis zu den Brücken von Nantes, fahren mußte, um über die Loire zu kommen, und daß der zum Meeresarm ausgeweitete Fluß eine so scharfe Scheidelinie zog wie zwischen den Inseln des Galapagosarchipels, so daß sich identische, aber durch das Wasser getrennte Arten zwangsläufig unterschiedlich entwickelten. Nordufer und Südufer waren also – obwohl sie im Vogelflug, das heißt im Mantel- und Silbermöwenflug, nur ein paar Flügelschläge auseinanderlagen – zwei Welten. Dieses mütterliche Veto muß unseren Vater hart angekommen sein, der, wie wir wußten, in seiner Jugend ein leidenschaftlicher Schwimmer war, bei jedem Wetter tauchte, tollkühn die Wette einging, unter einem dieser Schleppkähne, wie sie damals auf dem Nantes-Brest-Kanal verkehrten, durchzutauchen, wobei es ihn so gegen den Bug drückte, daß er fast nicht mehr hochkam, doch nur fast, wir sind der Beweis, er hatte also seiner jungen Frau zuliebe auf eine seiner liebsten Betätigungen verzichtet. Die Folge war, daß unser Vater selten ans Meer mit uns fuhr, obwohl es einen Katzensprung entfernt brandete.

So hat unsere Mutter viel aufgegeben, indem sie in das Haus von Campbon einzog, auf dessen Vorderseite unter dem Kranzgesims – eine alte Postkarte bezeugt es – Rouaud-Clergeau zu lesen war, rechts der beiden Fenster des ersten Stockwerks Glas- & Töpferwaren sowie Lampen & Haushaltswaren, und über der Ladenfront in größeren Lettern Geschirrgroßhandlung. Worin überdeutlich wird (und vielleicht dachte sie es selbst, als sie auf den Armen ihres Mannes über die Schwelle ihres neuen Heims getragen wurde), daß von diesem Inhaltsverzeichnis nichts, aber auch gar nichts auf die junge Zuzüglerin paßte. Nicht der Name (obwohl man in Clergeau eine Kontraktion von Claire (Bré)geau sehen kann, und da der junge Joseph vor kurzem Vater und Mutter verloren hatte, suchte er vielleicht die fehlende Hälfte des Doppelnamens, dessen väterlichen Teil er selbst trug, und fand diese Hälfte im verkürzten Namen der Schneidersgattin, mit deren Tochter er dann das von seinen verstorbenen Eltern gebildete Namenspaar wiederherstellte, so daß beim Hingezogensein zum geliebten kleinen Wolf auch etwas anderes mitgespielt haben mag, nämlich der wiedergefundene Muttername, wogegen Emiliennes Reize machtlos waren), auch nicht das Programm, vor allem nicht dieser Oberbegriff: Geschirrgroßhandlung. Großhandlung – wo unsere Mama doch so fein, so zart, so aufs Detail bedacht war und bei jedem Handgriff solche Sorgfalt walten ließ. Das Groß paßt überhaupt nicht zu ihr. Großhandlung ist wie Großküche und großzügiges Haushalten: Filzpantoffeln (unsere Mama immer mit Absätzen), Nylonkittelschürze, Lockenwickler, flüchtig gebügelte Wäsche, huschhusch gespültes Geschirr, verbleibende Fettschlieren mit dem Abtrockentuch weggewischt, bei der Tischdecke möglichst dunkle Farben und verschlungene Muster, schmutzt weniger an, die Kunden schnell abgefertigt, summarische Antwort auf Fragen nach der Qualität eines Artikels – solche Großzügigkeit ist der genaue Gegensatz zu unserer Mama. Ihr Stil ist Aubusson und Limogenes, Porzellan vom Feinsten. Wie konnte sie sich an einem Ort wie hier heimisch fühlen? Als sie übrigens die Verantwortung für das Ladengeschäft übernahm, machte sie sich daran, alles auszusondern, was Eisenwaren, Putzmittel und überhaupt unedles Sortiment war, und auf den Stempel, den sie auf ihre Visitenkarten und Rechnungen aufdrückte, ließ sie setzen: Hochzeits-Wunschlisten, Geschenkartikel, Porzellan. Aber Porzellan muß man natürlich, erste Bedingung für die Führung eines solchen Geschäfts, von Steingut unterscheiden können, auf Anhieb, ohne den Teller umdrehen zu müssen, denn damit weist man sich nicht als Porzellanliebhaber aus, sondern als blutigen Laien.

Man versteht also die Besorgnis des jungen Mannes nach der Rückkehr von der Hochzeitsreise mit Besichtigung der Provence, wo sie in einem Hotel ärgerlicherweise Einzelbetten vorfanden und sie flugs nebeneinander schoben (unsere Mutter erzählte uns das, den Rest mußten wir uns dazudenken), seine frisch Angetraute könne vor der Perspektive einer nicht gerade aufregenden Existenz zurückschrecken, wenn sie sich in ihrer neuen Umgebung einrichtete. Keine Hausmusikabende mehr, keine Tischgesellschaften mit schöngeistigen Gesprächen, keine Bedienung durch Madeleine Paillusseau, keine Klavierstunden. Ja, warum eigentlich hat unser Vater nicht an ein Klavier gedacht? Doch daß er nicht daran gedacht hätte, mag man kaum glauben, es war bestimmt die Rede davon. Hat sie vielleicht sein Angebot abgelehnt? Dédette sagte, von den vier Brégeau-Kindern, die, vom Vater dazu angehalten, alle ein Instrument lernten, sei Annick das musikalischste gewesen. Hat sie also von einem Tag auf den anderen, zeitgleich mit dem Wandel in ihrem Leib, auch ihre Familie, ihr Haus, ihre Heimat, ihre Lebensform, ihre Vorlieben aufgegeben? Ihre Schwester Claire, die ihr zehn Jahre zuvor nach Campbon vorausgegangen war, hatte sofort einen gebrauchten Flügel erstanden, und Onkel Jean und sie hatten bestimmt kein üppigeres Familienbudget als die beiden Jungvermählten. Geldmangel kann wirklich nicht der Grund gewesen sein, denn um der neuen Hausherrin alle lästigen Mühen zu ersparen, stellte ihr Joseph, kaum hatte er die böse Stiefmutter fortgeschickt, die während seiner kriegsbedingten Abwesenheit, zwei Jahre im Widerstand und eines in der regulären Armee, die Stellung gehalten und ihre Macht schwerlich mit der jungen Ehefrau geteilt hätte, eine Schar helfender Hände zur Seite, eine Frau fürs Waschen, eine fürs Bügeln, eine dritte fürs Flicken und obendrein ein Mädchen für alles, das ständig im Haus wohnte und alles übrige besorgte. Man kann also davon ausgehen, daß sich das Klavierproblem auf jeden Fall gestellt hat, daß aber unsere Mutter, die alles haben konnte aus ihrem früheren Leben, diejenige war, die jetzt keines mehr wollte, entweder weil sie die Neigung nicht mehr verspürte oder weil sie die Ausgabe indiskutabel fand, wodurch sich auch für uns nie die Frage stellte, ob wir Klavierspielen lernen sollten. Oder nur manchmal, insgeheim, denn wir fanden es schon verwirrend, daß dieser Flügel der Musik uns zwar streifte, sich dann aber unbegreiflicherweise von uns abkehrte. Weshalb du irgendwann später, mit siebenundzwanzig, an der Tür der Klavierlehrerin Madame V. H. in Nantes klingelst und sie zu überreden versuchst, dir trotz überschrittener Altersgrenze noch Klavierstunden zu geben.

Sie ist es also, die das Blatt endgültig wendet. Vom Gewesenen will sie nichts mehr wissen. Sie richtet sich in ihrem neuen Leben ein und schiebt alles beiseite, was das alte ausmachte: Elternhaus, Riaillé, Madeleine Paillusseau, die Freundinnen aus dem Pensionat, die väterliche Werkstatt, das Klavier, den Strand, und im selben Zuge unterläßt sie es auch, aus Gründen, die mit ihrer persönlichen Chemie zu tun haben, uns das Beste aus ihrer besten Zeit nacherleben zu lassen, weshalb wir nur eine bereinigte Version der Privilegien ihrer Kindheit, vor allem des Strandlebens, mitbekommen haben, aber auch, wer weiß, dem Tod durch Ertrinken entgangen sind.

Aber war die Erinnerung an dieses entschwundene Glück so schmerzlich, daß sie litt, wenn sie zurückblickte? Brauchte sie diese Tabula rasa, um nicht wankend zu werden, da sie einem freudlosen Alltag entgegensah? Oder wollte sie diese Bilder der Seligkeit lieber für sich behalten, um sie an trüben Tagen wie einen Diamanten funkeln zu lassen, wohl wissend daß, wie es in den Sprüchen Salomos heißt, jeder die Bitterkeit ihrer Seele spürt und keiner ihre Freude teilt? Eine einfachere Erklärung wäre, es sei gar nicht so rosig gewesen, wie man es sich vorstellt, dieses angebliche Eden der Kindheit, das man sich da anhand einiger Photos zusammenreimt. Oder daß Nostalgie nicht ihre Sache war. Aber da ist etwas anderes, weswegen sie sich wie Orpheus nicht umdrehen darf, und wir haben es übersehen, weil es so wenig Platz einnahm, ein weißes Marmortäfelchen, nur mit einem Vornamen und einem Datum darauf, das ist der Zeitpunkt in ihrem Leben, von dem an sie nicht mehr zurückblicken kann, ohne daß sich zwischen die Gegenwart und ihr früheres Leben die Gestalt eines Neugeborenen schiebt, das reglos in der Wiege liegt, Bild der Eurydike, für immer in die Unterwelt hinabgestiegen. Denn die Entbindungsklinik in Nantes, das Feinste vom Feinen, das Höchste schlechthin, barg, und der Chef hatte wohlweislich die Information zurückgehalten, in ihren Mauern den Choleravirus.

Der kleine Pierre also Opfer einer jahrtausendealten Geißel, auch wenn sich der Vorfall lange nach

85

Pasteur ereignete, das heißt, man wußte im Jahr neunzehnhundertsiebenundvierzig, daß man dem Schein nicht trauen darf und daß der Wolf, der unsere Ängste bis zu jenem Tag des Waffenstillstandes von neunzehnhundertachtzehn nährte, als er seine letzte aktenkundige Missetat beging (Frau zerfleischt aufgefunden), keineswegs das mörderischste unter allen Lebewesen war. Doch in blindem Vertrauen auf unsere Kenntnis des Unsichtbaren glaubten wir uns erlöst von einem alptraumhaften Mittelalter, wo die Cholera im Verein mit ihrer Freundin, der Pest, die armen Zeitgenossen vor die Wahl stellte: sie oder ich. Genau dieses Mittelalter schleicht sich aber nun an wie ein nächtliches Kommando, es umzingelt diese moderne Überlebensversicherungsanstalt und schlägt zu wie in alten Zeiten. Zehn Neugeborene sterben, der Chefarzt opfert sie lieber, als mit der Bekanntgabe des Sachverhalts eine Beeinträchtigung seines Rufs zu riskieren. Wobei dieses Risiko gar nicht so groß gewesen wäre, denn Leute mit Geld sind nicht, wie man oft glaubt, über das Gesetz erhaben, sondern vielmehr über jeden Verdacht. Angesichts des Massensterbens mußte er allerdings kapitulieren und seine Anstalt vorübergehend schließen, wahrscheinlich kehrte er den verantwortungsbewußten Mann heraus, der sich einer ernsten Situation stellt, wofür er bestimmt Würde und Mut bescheinigt bekam, um ihn macht man sich keine Sorgen, Leute wie er schaffen es immer. Was uns vor Augen steht, sind zehn Mütter, die mit leeren Armen und blutendem Herzen aus der Klinik treten und von einem Mann empfangen werden, den der Verlust des Stammhalters rasend schmerzt und der, da ihm nichts anderes einfällt, davon träumt, diesen geltungssüchtigen Kerl irgendwann zu erwischen, um ihn windelweich zu prügeln. Aber das Kind wiederbringen würde das auch nicht, wie die Mutter weiß, die froh wäre, wenn sie wenigstens darüber reden dürfte, die gelitten hat, bevor man ihr den aus ihrem Bauch herausgekommenen kleinen Lebensneuling gezeigt hat, die alle Schmerzen vergaß, als dieses hilflose Daseinskandidätchen zwischen ihren prallvollen Brüsten lag, noch ganz ölig vom Fruchtwasser, das die spärlichen Haare an der Schädelwölbung kleben ließ, und die miterleben mußte, wie diese Schmerzen zurückkamen, in ihr und in dieser Hälfte von ihr, wie der kleine Körper sich mehr und mehr entleerte, verkümmerte, alle Nahrung von sich gab, sich verflüssigte, in seinen Auswürfen versank, als wollte er ins angestammte Element des warmen Mutterleibs zurück, wie sein armes Fleisch zunehmend austrocknete und sich purpurblau verfärbte, wie seine Augen hohl und seine Gesichtszüge kantiger wurden, weshalb sie verzweifelt herumfragte, was für Anzeichen das sein könnten, die wie die zehnte ägyptische Plage über diesen so schwächlichen, sich in Auflösung befindlichen kleinen Pierre herabkamen. Es sei nichts, Säuglingslaunen, was sie bloß habe, nun ja, sie sei eben eine Erstgebärende, bald sei von alledem nichts mehr zu merken, derweil der Chef in seinem Büro mit seiner weißen Garde Kriegsrat hält: Bloß nichts nach außen dringen lassen, konzentrieren wir uns darauf, bis in die hinterste Ecke alles zu reinigen, die ganze Klinik muß in ein Alkoholbad getaucht werden, und wenn das Virus ersoffen ist, erklären wir, die Kinder seien nicht lebensfähig gewesen, eine unglückliche Häufung von Zufällen, gegen die selbst die allermodernste, allersicherste Einrichtung machtlos sei. Wir werden darlegen, hier habe sich Gott ein letztes Mal zu Wort gemeldet, bevor er vor dem wissenschaftlichen Fortschritt endgültig abdanke, er habe zu beweisen versucht, daß er immer noch der Herr sei, der gebe und nehme, außerdem wird uns der Klinikpfarrer helfen, das Thema auszuschmücken, er kommt ja jeden Sonntag zum Essen zu uns und wird unter dem Siegel des Beichtgeheimnisses zu schweigen wissen.

Um zu erfahren, wie die Sache ausging, müßte man nur die nötige Neugier aufbringen und die Lokalblätter von damals lesen, vor allem die *Résistance de l'Ouest*, denn in der unmittelbaren Nachkriegszeit war jedermann bei der Resistance gewesen, weshalb unser Vater, der während der finsteren Zeit der Besatzung wirklich seinen Mann gestanden hatte, sehr schnell das Interesse an diesen Treffen ehemaliger Widerstandskämpfer verlor, die in größerer Zahl aus dem Dunkel heraustraten, als sie hineingegangen waren. Sein Ehrenmitgliedsausweis der Résistance trägt einen einzigen Stempel, die anderen Beitragsfelder für das Jahr sechsundvierzig harren noch der Quittierung. Wozu auch, wenn die Wähler von Campbon nach der Befreiung mit größter Selbstverständlichkeit dieselben Leute wiederwählten, die sich in den fünf Jahren als glühende Patrioten erwiesen und sogar an Marschall Pétain geschrieben hatten, um ihm für sein Handeln zu gratulieren und seine wohlwollende Aufmerksamkeit auf ihre Gemeinde von hohem ländlichem Mehrwert zu lenken, hingegen nichts wissen wollten von der Oppositionsliste, auf der eine Handvoll jener Unverzagten kandidierte, die an den Sinn der Geschichte glaubten und wohl dachten, die neue Zeit, für die sie gekämpft hatten, sei nun angebrochen, was natürlich die Traditionshüter ganz anders sahen, die meinten, diese jungen Hitzköpfe hätten ihnen persönlich während der aufgezwungenen Kohabitation mehr Sorgen gemacht als alles andere. Schließlich habe sich der Besatzer, sofern es natürlich auf Gegenseitigkeit beruhte, korrekt verhalten, auch wenn es bedauerliche Entgleisungen von Eiferern gab, denken wir zum Beispiel an den bei Onkel Jean und Tante Claire einquartierten Offizier, der die ganze Zeit über nie ein Wort mit ihnen sprach und beim Essen den Revolver neben den Teller legte, und es fehlte eigentlich nur noch, daß er auf sein Fleischstück schoß, wenn es – eine vielleicht etwas nervige Faser – ihm Widerstand leistete. Statt Fleisch lag da allerdings wohl eher Kohl, ebenso wie am Tag zuvor und, das stand zu befürchten, auch am

Tag danach, was ihn ärgerte und in noch schlechtere Laune versetzte – verständlicherweise, aber wer war schuld daran?

Wetten wir also, daß das Nachschlagen in den Zeitungen von damals nicht viel brächte. Vielleicht ist es auch klüger, gar nichts zu lesen statt Berichte über den Diensteifer des Chefarztes, über Heldentaten bei der Befreiung der Stadt, wie er beispielsweise in seiner Klinik eine von seiten des Aggressors geschwängerte Frau des Kindes entledigt und sie der johlenden Menge übergeben hätte, damit ein Friseurlehrling sie scheren konnte. Vielleicht würde man auch, die Mächtigen halten ja zusammen, keine Zeile darüber finden. Kommen wir also zu Pierre zurück, dem ersten der Geschwisterschar, der einige Tage nach seiner Geburt durch grobe Fahrlässigkeit dieses prominenten Mannes gestorben ist, und zu unserer ganz unprominenten Mama, die mit absurd leeren Armen die Klinik verließ, sich auf den großen Joseph stützend, der in diesem Drama die logische Fortsetzung seiner Schicksalsschläge erblickte und sich in ein Schweigen hüllte, das sie gern durchbrochen hätte: Sag doch etwas zu diesem Phantomschmerz in meiner Brusthöhle, kann einem ein fehlendes Glied derart weh tun? Aber er sagt nichts, weshalb sie sich schließlich fragt, ob ihn der Verlust wirklich ebenso trifft wie sie, ob dieser Rachedurst, der ihn ausrufen läßt, er möchte ihn windelweich prügeln, diesen renommiersüchtigen Kerl, nicht ein Überbleibsel aus den Jahren im Wi-

90

derstand ist, wo man Selbstjustiz übte. Doch wir, die wir es jetzt wissen, nachdem uns Tante Claire das inzwischen verjährte Geheimnis preisgegeben hat – eigenartig, denn obwohl wir noch nicht von dieser Welt waren, wissen wir, was sie damals nicht wußten, welche Worte sie sich vorenthielten, welche Gefühle sie voreinander verbargen, als wären wir die in die Zeit hineinragende Spitze eines Kommunikationsdreiecks, ein Satellitenrelais der Zukunft, über das die Information zwischen unseren Eltern verlief –, wir verstehen die Gründe seines Schweigens besser: Was soll er sagen zu diesem beklemmenden Gefühl eines Fluchs, zu dieser Pechsträhne, die an seinem Leben haftet wie eine zweite Haut, die er nicht abstreifen kann und durch die er schuld ist an diesem Unglück, das für ihn nichts Neues ist, weil es das gleiche ist wie jenes, das ihn einst zum Einzelkind-Dasein verurteilte – in den Pausenhöfen war Einzelkind die Beleidigung, die ihn rasend machte? Wie soll er seinem vom Gram gebeugten geliebten kleinen Wolf erklären, er habe das Gefühl, nach diesem kurzen Sonnenschein ihrer Begegnung setze der Tod in ihm sein heimliches Zerstörungswerk fort?

So schwebt über unserem künftigen Leben dieser kleine blaurote Schatten, gleichsam ein Erbschatten von Pierres Opfertod. Doch obwohl wissend um diese Geschichte, um dieses durch die Geringschätzung eines Halbgotts ausgelöschte Lebensflämmchen, seid ihr, die danach Gekommenen, nicht mit der Welt zerfallen. Ihr habt diesen kleinen Körper, der in einer kaum mehr als schuhkartongroßen Kiste weggeschafft wurde, recht ungerührt in die Gewinn- und Verlustrechnung eingetragen. Aus einem einfachen Grund: Wen man nicht gekannt hat, den kann man weder beweinen noch betrauern. Wozu wehklagen über den Verlust des großen Bruders, wenn man schon nach dem ersten Lebensmonat größer war als er. Und schließlich muß man sich auch sagen, daß, wäre er am Leben geblieben, man selbst das Nachsehen gehabt hätte. Dann wäre nämlich die Ordnung der Geburten durcheinandergeraten, und daß du zum Beispiel am dreizehnten Dezember neunzehnhundertzweiundfünfzig geboren würdest, käme nicht mehr in Frage. Wenn du also wirklich sein willst, was du bist, oder zumindest willst, daß diese Geschichte in dieser Weise erzählt werden kann, dann brauchst du die Welt nicht umzukrempeln oder eine Maschine zum Zurückdrehen der Zeit zu erfinden, nur um dem kleinen Cholerakranken die rettende Rehydratisiersalzlösung bringen zu können. Denn wenn du ihn heilst, bist du tot. Spielen wir nicht den Zauberlehrling. So traurig es ist, wir müssen zugeben, daß wir diesem Dreiwochenmeteoriten Pierre das Leben verdanken. Er wird übrigens kaum Spuren hinterlassen, so daß wir ohne weiteres leben können, als wäre nichts gewesen. Ohne erkennbare Schäden. Zumindest scheinbar. Denn bei näherem Hinsehen entdeckt man sonderbare Phänomene, wie zum Beispiel das hier. Wie erinnerlich, waren die Burgaud-, das heißt die Brégeau-Kinder drei an der Zahl: Marthe, Anne und Lucie (für Claire, Annick und Dédette), drei Schwestern also. Das fügt sich schön: drei, wie die Schwestern von Tschechow (der in unermüdlichem Einsatz die cholerakranken Bauern von Melikowo behandelte), drei, wie die Parzen, die sich wie die Schneiderstöchter auf den Umgang mit dem Faden verstehen, drei, wie wir drei, wenn wir diesen mißglückten Lebensanlauf nicht rechnen, der sich auf der Platte des Familiengrabes mit einer einzigen Jahreszahl zufriedengibt. Doch in Wirklichkeit fehlt einer in dieser Aufzählung. Zwischen Annick und Dédette ist dem Ehepaar Alfred und Claire Brégeau ein viertes Kind zuzurechnen, nämlich Paul, der, man weiß nicht warum, aus seiner eigenen Geschichte geschaßt wurde, von seinen Schwestern abgesondert, ins Nirgendwo abgeschoben, ums Erzählbare gebracht. Es fragt sich, ob er damit nicht für dieses Sternschnuppenkind büßt und aus dem Gedächtnis getilgt wurde, damit dessen Erlöschen in Erinnerung bleibe (das Kirchenjahr feiert übrigens Peter und Paul am selben Tag), fragt sich also, ob da nicht unser kleiner Pierre auf unterirdische Weise mit diesem wundersam weggezauberten Bruder seine Abwesenheit von der Welt bekundet.

Und klingt im dramatischen Getrommel unserer Mutter, die an jenem Tag nach Weihnachten die Trennwand zwischen den Häusern mit ihren Fäusten bearbeitete und Emile zu Hilfe rief, nicht auch etwas mit, was man gerne überhört hätte? Diese

Art, die sie manchmal hatte, wenn es nicht nach ihrem Kopf ging, also immer dann, wenn wir in unserem Leben etwas veränderten und dadurch die peinlich genaue Ordnung ihres Tagesablaufs und ihrer Gedanken störten, diese Art, wie sie dann die Beleidigte spielte und uns zu verstehen gab, was sie alles habe durchmachen müssen, als würden wir durch unser Verhalten eine neue Wunde an ihrer Seite öffnen, als hätten wir zu ihrer Liste von Tragödien (den Lauf der Dinge umdrehend, verliert sie zunächst ein Kind, dann den Gatten, dann den Vater, während es der natürlichen Ordnung entspräche, daß zuerst der Älteste stirbt) noch das hinzuzudenken, was wir nicht wußten. Doch da waren wir ratlos, denn sofern es nicht ein schreckliches Geheimnis gab, schien es uns, daß es das Leben, abgesehen von dieser Begegnung mit dem Tod in der Geburtsklinik als sie fünfundzwanzig war, eher gut gemeint habe mit ihr, sogar im Krieg, den Riaillé nur in abgemilderter Form erlebt hatte, denn die Gemeinde war nie von der deutschen Armee besetzt und der Wildreichtum der umliegenden Wälder sorgte in diesen Zeiten der Entbehrung bei der Familie Brégeau für einen reich gedeckten Tisch – verhältnismäßig, denn man hatte, wie unsere Mama stets betonte, auch die Bedürftigen daran teilhaben lassen. Was war es also, was wir nicht sahen, was uns ein tränenentstelltes Gesicht suggerierte und worüber sie sich nur in gramvollen Andeutungen erging?

Wir vielleicht. Denn allen jungen Frauen, die ihr

glückstrahlend verrieten, daß sie ein Kind erwarteten, antwortete sie mit trauriger Miene so ungefähr: Mein Gott, wie schrecklich, Sie tun mir so leid, was man da alles mitmacht, Sie wissen ja gar nicht, was auf Sie zukommt, unmenschlich ist das, natürlich bin ich froh, meine Kinder zu haben, aber wenn ich noch einmal von vorn anfangen müßte, denken Sie nur, und jetzt zitierte sie sämtliche in der Region aufgetretenen Schwangerschaftskomplikationen, die Totgeburten, intrauterinen Infektionen, Toxoplasmosefälle – ach so, Sie haben eine Katze? –, blaugefrorene Säuglinge, die unter dem abgeschalteten Infrarot vergessen werden, denen Stickstoff statt Sauerstoff in den Brutkasten geleitet oder nach einer Flaschenverwechslung ein Desinfektionsmittel injiziert wird, die man trotz unterbrochener Gehirndurchblutung wiederbelebt, all die Mißgeburten mit einem Fuß mitten auf der Stirn, all die Mütter, die im Kindbett sterben oder unter irrsinnigen Schmerzen stundenlang in einem Vorraum auf einem Notbett darauf warten, daß der Geburtshelfer sich endlich bequemt, während die auf dem Gang mit den Stationsärzten schäkernden Krankenschwestern ab und zu den Kopf durch die Tür hereinstrecken: halten Sie durch, der Herr Doktor kommt gleich, oder diese Frau, die die Klinik querschnittsgelähmt verläßt, weil man ihr eine Nadel ins Rückenmark gebohrt hat, oder jene andere, die zum Gebären gekommen ist und, als sie geht, einen Arm weniger hat, und noch eine andere, deren Kind man verlegt hat, das irgendwann in einem Wäschekorb aufgefunden wird, und dann diese Verwechslungen von Babys, die schlaflosen Nächte, das ewige Weinen, die Eiterstaphylokokken, die Windeln, die Flaschen (das Stillen ist eine Erfindung der Tiere), der plötzliche Kindstod, und nach diesem Gemälde des Grauens mußte die werdende Mutter schon einen starken Glauben ans Leben haben, um nicht schnurstracks zur Engelmacherin zu laufen. Blieb sie jedoch trotz dieser Flut von Katastrophenverheißungen standhaft, bezeugte ihr Mama spontan ihre Bewunderung: Gratuliere, meine Töchter hätten nicht ein Zehntel von dem verkraftet, was ich Ihnen erzählt habe, worauf sie der Auserwählten in ihrer fröhlich-spöttischen Art schallend ins versteinerte Gesicht lachte.

Sie hatte gute Gründe, einige Vorbehalte anzumelden gegen die Pflichtbegeisterung, mit der üblicherweise ein freudiges Ereignis begrüßt wird. Freudig, das sagt ihr. Sie wollte ja nur warnen. Sie wies darauf hin, daß hinter den kitschigen bunten Bildchen nicht alles reines Honigschlecken war. Sie wußte, wovon sie redete. Der kleine Pierre natürlich, aber auch, nach Nine, eine Bauchhöhlenschwangerschaft, bei der sie ums Haar auf der Strecke geblieben wäre, beziehungsweise auf dem Küchentisch, auf den sie der Arzt für eine Notoperation legte, schon leichenblaß, nachdem sie fast all ihr Blut verloren hatte. Weil sie nach der Tragödie in der Entbindungsklinik um keinen Preis mehr einen Fuß dorthin gesetzt hätte. Die Modernität hatte in diesem Punkt keinen wirklichen Fortschritt gebracht. Man wollte abwarten, daß sie sich bewährte, und einstweilen zu den alten Methoden, also zur Hausgeburt zurückkehren (im Falle von Nine und diesem Rückgriff auf eher handwerkliche Auffassungen freilich vorsichtshalber im großen Haus von Riaillé – wohl ein Hinweis auf ein schlechtes Gewissen bei unserem Vater, der seine Frau, nachdem er sie mit den bekannten Folgen entführt hatte, reumütig der angestammten Familie zurückgab, als würde er sich aus dem Spiel verabschieden: Jetzt seid ihr dran, jetzt setzt ihr das Kind in die Welt, ich bin ja bloß für tödliche Viren gut –, und Nine war wohlauf, er hat wahrscheinlich strahlend die wunderbare Verheißung hoch über seinen Kopf gehalten, während die junge Mama, die in ihrem von der Mutter oder Madeleine Paillusseau hergerichteten Bett allmählich wieder munter wurde, sich sagte, uff, da ist uns etwas gelungen, und dabei diesen ihren Auswuchs betrachtete, der die Welt gleichsam aus dem Ausguck an der Spitze eines großen Mastes entdeckte).

Doch nein, das Glück durfte sich nie häuslich niederlassen: Achtzehn Monate später folgte die überstürzte Operation auf dem Küchentisch. Es blieb nicht einmal Zeit, Onkel Jean zu rufen, obwohl der ein kühner Ambulanzfahrer war und sich von keiner Straßenverkehrsordnung oder Vorfahrtsregel aufhalten ließ, sobald er auf dem Dach seines Fahrzeugs das vom Fahrtwind zerfranste weiße Baumwollfähnchen mit dem blauen Kreuz im gelben Kreis aufgepflanzt hatte. Wenn er Flagge zeigte, lag die Vorfahrt bei ihm. Seine Fahne war besser als jeder Passierschein, und geschah es doch einmal, daß ihn ein motorisierter Gendarm, nach dessen Ansicht er mit den Vorschriften etwas zu frei verfuhr, mit seiner Trillerpfeife an den Straßenrand kommandierte, so währte das Mißverständnis nie lange, und bald war es der Uniformierte, der ihm auf seinem Motorrad eine Gasse bahnte (sicher einer von denen aus der Brigade von Savenay, die ihm gegen eine Flasche Pastis die Strafzettel zurücknahmen). Natürlich nur, sofern er tatsächlich einen Kranken transportierte, denn gelegentlich pflanzte er die besagte Fahne auch auf, um einen Zug noch zu erreichen oder, indem er mit einem resoluten Griff durchs heruntergekurbelte Fenster die Flagge in das an den Dachgepäckträger angeschweißte Röhrchen steckte, ein Stauproblem zu lösen. Doch jetzt, bei dem kritischen Zustand unserer Mama, hätte auch er, trotz seiner legendären Schnelligkeit, das Krankenhaus von Nantes nur noch zu spät erreichen können. Und der gute Doktor verwandelte kurzentschlossen die Küche in einen Operationssaal, räumte vom langen Tisch ab, was herumstand, eine Fruchtschale, Rechnungen, geöffnete Post, um dieses sich entleerende junge Leben darauf zu betten, das er auf seinen Armen vom Zimmer im ersten Stock heruntergetragen hatte, denn an dem Tag war der große Joseph nicht da, während unsere Tante

Marie, soeben von der Nonnenschule nach Hause gekommen, die kleine Nine wegzog und sie ins Häuschen im Garten mitnahm, wahrscheinlich mit dem Versprechen, ihr Geschichten zu erzählen oder die Liedchen beizubringen, die sie für ihre Schülerinnen ausgesucht hatte und die sie auf ihre Weise mimte, welche, ganz unabhängig vom Inhalt, darin bestand, die erhobenen, sich vertikal um die Gelenke drehenden Hände wie Puppen tanzen zu lassen. Doch alles Talent der alten Schullehrerin vermochte bei dem kleinen Mädchen die Erinnerung an den Anblick ihrer blutüberströmten Mama nicht auszulöschen, denn Nine plagte sich lange Zeit mit einer Rot-Phobie ab und fragte sich immer wieder, woher diese Aversion nur komme, sie verfolgte die verabscheute Farbe bis in die Fäden ihrer Garderobe hinein, und bei einem flammenden Abendrot schlug sie die Augen nieder. Und das so voller Grauen, daß man denkt, dieses Rot, das da vor ihren Augen wogte wie ein Tuch in der Arena, müsse für sie zum blutfarbenen Gespenst geworden sein und in ihr gehallt haben wie ein Todesurteil.

Ein Grauen, das ihr offenbar auch den Atem verschlug, denn bald darauf blieb dieser dem kleinen Mädchen weg, und zwar eigenartigerweise in dem Moment, als sie in vollen Zügen die reine Meeresluft einsog, ausgerechnet da verfärbte der Erstickungsanfall ihre Gesichtsfarbe blaurot wie bei dem kleinen Cholerakranken, sie hatte nämlich die Genesende an die Atlantikküste begleitet, wo unser

Vater, immer darauf bedacht, dem früheren Leben seiner Gattin nichts schuldig zu bleiben, ein Zimmer in einem Hotel gemietet hatte, das *Hôtel du Port*, oder *de la Plage*, oder *de la Pointe* hieß, jedenfalls Meerblick bot, und wo er selbst das Wochenende mit seiner kleinen Familie verbrachte. Einige Tage der notwendigen Erholung, die Mama aber, als sie gelegentlich darauf zu sprechen kam, als langweilig einstufte. Genauso wie die in La Bourboule, wohin sie drei Jahre hintereinander, jeweils für drei oder vier Wochen, mit der kleinen Asthmatikerin reiste. Weil der Herr Doktor die Heilkräfte des arsenhaltigen Wassers dieses Badeortes gerühmt hatte, und tatsächlich, da die kleine Kurpatientin den Zaubertrank des Auvergne-Gebirges brav und fleißig schluckte, kam ihr Atem wieder, aber der Vater wird abermals tapfer gewesen sein, indem er gemeint hatte, den Seinen wieder nur das bieten zu dürfen, was er für das Beste hielt, das heißt in jedem Fall etwas, was seine Mittel überstieg. Und während seine kleine Tochter ungenießbares Wasser trank und seine Gemahlin durch den im Tal hängenden Nebel hindurch der Zeit beim Verrinnen zusah, verdoppelte er, der Buchhalter mit den Danaidentaschen, sein Arbeitstempo, will sagen, daß er in der ganzen Gegend Klinken putzte, um seine Ware loszuwerden, die er am Bahnhof von Campbon, wo die Züge damals noch hielten, in großen, mit gelbem Stroh ausgepolsterten Lattenkisten in Empfang nahm, und wenn auch das nicht reichte, bestand das sicherste und schnellste Mittel darin, den Treuegrad dieses oder jenes Freundes zu erproben, indem er ihn um einen kurzfristigen Pump anging.

Der Tresor, Marke Bosch, eine Erwerbung seines Vaters, dessen Größenträume sich an diesem stählernen Ungetüm ablesen lassen, hat mehr Wechsel und Schuldscheine beherbergt als Schatzbriefe. Von Schatzbriefen oder ähnlichen verborgenen Zeichen des Reichtums keine Spur, und die Bündel, die noch immer im Panzerschrank liegen, bestehen hauptsächlich aus vergilbten und stockfleckigen Blättern, auf denen die von beiden Parteien formgerecht unterzeichnete Vereinbarung steht, daß der und der Betrag bis zu dem und dem Datum an Herrn X zu zahlen sei, oder die Bestätigung, von Herrn Y das Geld erhalten zu haben, um beispielsweise die Hochzeitsreise zu finanzieren (Logis der Neuvermählten war eine Pension in Nizza). Was auch erklärt, daß die Zahlenkombination des Tresors nie ein Geheimnis war und daß wir laut mitzuzählen lernten, indem wir auf das Klicken der vier Zahlenschlösser horchten, die zum Öffnen der schweren Tür einzustellen waren. Aus jener schlimmen Zeit stammen besonders viele Schuldscheine. Auch ohne sie eingehend zu studieren, begreift man, was los ist, daß ein Monat Vollpension in La Bourboule, zusätzlich zu den Reise- und Kurkosten, mehr ist als das, was die Ladenkasse allein hergibt. Die Datumsangaben stimmen überein. Man kann sich den jungen Strohwitwer lebhaft vorstellen, wie er abends seine Zahlen addierte und hin und her überlegte, womit er über die Runden kommen könne. Und es ist nicht unbedingt verwunderlich, wenn kurze Zeit danach, im Alter von knapp über dreißig, sein Haar, durch das er in seiner Ratlosigkeit die gespreizten Finger fahren ließ, schlohweiß wurde.

Kaum Zeit, ein wenig zu verschnaufen, und schon geht es wenige Monate später wieder los mit Übelkeit und Erbrechen. Natürlich lautet seine Losung Zuversicht: Keine Sorge, das schaffen wir schon, doch sein geliebter kleiner Wolf findet diese Fortpflanzungsprozeduren schlichtweg barbarisch, und er fährt sich durchs Haar und wundert sich, daß keine schwarzen Flecken an der Hand haftenbleiben (wohin verschwindet diese Farbe bloß?). Schon wieder Geld leihen kommt kaum in Betracht, die Freunde könnten allmählich ungeduldig werden, und außerdem muß er es, sofern er nicht Wechselreiterei betreiben will – was nicht seine Art ist –, irgendwann zurückzahlen. Als letzten Ausweg kann er nur etwas ins Auge fassen, was er lange Zeit von sich gewiesen hat, um bei seiner Familie bleiben zu können, nämlich den Laden dem kleinen Wolf zu überlassen und die eigene Arbeitskraft anderswo zu Markte zu tragen.

In La Baule zum Beispiel, dem für seinen langen, feinen Sandstrand berühmten Badeort, wo er im Sommer zweiundfünfzig auf Vermittlung eines alten Kampfgefährten angestellt war – das einzige Mal, daß ihm der Krieg etwas anderes einbrachte als verlorene Zeit, vom kleinen Wolf natürlich abgesehen. Was er dort tat? Vermutlich irgend etwas, was mit Konzessionen für Segelklubs, Straßenverkauf, Vermietung von Kabinen und Tretbooten zu tun hatte, irgendeine Verwaltungs- oder Kontrollaufgabe, jedenfalls wissen wir, daß er glänzende Arbeit geleistet haben muß und der Strand wohl deshalb zum schönsten Strand Europas avancierte. Denn wo immer er hinkam, war es dasselbe (siehe das Beileidsschreiben an unsere Mutter vom Direktor des Verlages, für den er fünf Jahre zuvor die katholischen Schulen abgeklappert und Schautafeln verkauft hatte: Wir sind tief betrübt über dieses plötzliche Hinscheiden, denn wir hatten in Ihrem Mann einen Vertreter von außerordentlichem Format gefunden, der zudem menschlich äußerst sympathisch war), also braucht man sich keine Gedanken zu machen: Der Strand von La Baule war hervorragend geführt, worauf wir nur stolz sein können. Diese Idee mit den Seebädern ist allerdings der Beweis, daß er immer noch das Familienprogramm von Alfred Brégeau im Sinn hatte und mit ihm gleichziehen wollte, indem er seiner Ehefrau eine Art Zitat, eine Erinnerungsspritze, einen reichen Reim auf ihre Urlaubserinnerungen offerierte (reich, ja, denn für La Baule braucht es ganz andere Chuzpe als für Préfailles). Doch es blieb bei diesem einen Versuch, wahrscheinlich weil das Nocheinmal, dieses Wiederhabenwollen von etwas, was nicht mehr da ist, oft mißrät und man es sogar nachträglich bereut, wenn dadurch die Schönheit einer Erinnerung getrübt wird, außerdem wohl auch, weil wir – ich war mit von der Partie, allerdings nicht am, sondern *im* Wasser, nämlich im Fruchtwasser, denn von der Geburt am dreizehnten Dezember zurückgerechnet, muß die Zeugung etwa Mitte März, ich also gut zwanzig Zentimeter groß gewesen sein (allerdings keinerlei Erinnerung) – einen schiefen Mund zogen (Sand in den Schuhen, alles feucht und ständig diese bathing beauties um ihn herum). Wir setzten übrigens nie mehr einen Fuß ins Wasser. Wünschen wir unserem Vater, daß er am Abend, wenn die Sonnenschirme und Liegematten aufgeräumt waren, einen Kopfsprung in die Brecher machen konnte. Denn danach war Schluß mit dem Badespaß.

Woraus man aber ersieht, daß unsere Mutter bei diesem altbekannten Match Meer gegen Berge keinem der beiden unversöhnlichen Fanclubs recht gab (Beispiel: der Nordseemensch Chateaubriand gegen den Älpler Rousseau). Sie war nicht von der Sorte, die sich von romantischen Illusionen einlullen läßt. Der Anblick des Ozeans nahm sie nicht länger als fünf Sekunden gefangen und entlockte ihr keinerlei besonderen Kommentar, was bei ihr ungefähr bedeutete: Schon recht, es ist riesig, es wogt andauernd, aber es ist nur Wasser. Man kann sich genausowenig vorstellen, daß sie mit wehendem Haar, das Gesicht der Gischt zugewandt, den Strand entlanggewandelt wäre, oder daß sie die Aufenthalte im

Heilbad am Puy-de-Dôme dazu genutzt hätte, die umliegenden Höhen zu erklimmen und, auf einem Gipfel angesichts des Wolkenmeeres zu ihren Füßen von ontologischem Schwindel erfaßt, ihre materielle Sicht der Welt in Frage zu stellen. Hier wie dort hat sie sich abgrundtief gelangweilt, da ihr der gewohnte Tagesrhythmus fehlte, und die gesamte Literatur zum Thema hätte ihre Meinung nicht ändern können. Die Welt wird nur körperlich erfahren, was ihren eher gefühlten Ansichten recht gab, außerdem waren da, ihre empirische Sicht des Universums schlüssig abrundend, einige unabweisbare Tatsachen, an denen es nichts zu deuteln gab. Ihrer Schwester, mit der sie Sonntag für Sonntag einen Spaziergang zum Friedhof unternahm, gestand sie am Grabe desjenigen, der ihr Mann gewesen, mit dem Kinn auf die Granitplatte deutend: Für mich gibt es nichts mehr, obwohl die beiden schon fast dreißig Jahre lang dieses Ritual vollzogen. Es war also verlorene Liebesmüh, sich bei ihr in Worten zu ergehen oder einen lyrischen Höhenflug zu versuchen, sie machte kaum den Mund auf. Sie hatte das wohl von ihrer Mutter, die einst viel von ihrer Energie darauf verwendete, den Mangel an praktischer Veranlagung bei ihrem wunderlichen Mann zu kompensieren. Doch jede Bekundung eines etwas träumerischen Gedankens, gar nicht so sehr, um daran zu glauben, sondern einfach, um den eisernen Griff der Wirklichkeit zu lockern (beispielsweise indem man die Möglichkeit ansprach, später etwas machen zu wollen, was vom Üblichen abwich), wurde ihrerseits mit einem Schulterzucken quittiert, das keinen Einspruch zuließ. Lernt eben, einfach zu sein. Das engt zwar ein, regt nicht gerade zu Höhenflügen an, es stutzt die Flügel und erlaubt einem keine tastenden Versuche, aber im täglichen Gebrauch erweist es sich als vorteilhafte strategische Position. Wenn man dir von herrlichen Ferien am Meer oder in den Bergen vorschwärmt, denkst du sofort an deine kleine Mama, die sich nichts weismachen ließ und beim Anblick der Brecher oder Täler nur leise seufzte.

Gleichwohl hätte es uns gefallen, wenn sie uns aus La Bourboule nicht dieses Panorama der Langeweile mitgebracht hätte, sondern Erinnerungen an ein Glück zu zweit, das mit jedem Tag, an dem der Atem der kleinen Patientin freier ging, gewachsen wäre, Erinnerungen an Spaziergänge in der Landschaft, an Gespräche mit dem Kind, an seine drolligen Aussprüche, an gemeinsame Mahlzeiten im Speisesaal, an Gutenachtgeschichten im Hotelzimmer, während es draußen dunkelt und das Kind, ohne den Ausgang von Goldköpfchens Abenteuern abzuwarten, einschläft und du ihm sanft einen Kuß auf den Mundwinkel drückst, bevor du selbst unter das gewaltige Federbett schlüpfst, dein Buch mit dem Einband nach oben hinlegst und in der Stille, die immer seltener von einem vorbeifahrenden Automobil unterbrochen wird, auf das regelmäßige Gehen ihres kurzen, zarten Atems horchst. Was sich

sicherlich so verhielt, aber offensichtlich nicht aus-
reichte, um die Leere ihrer Tage auszufüllen.

Es gibt ein Photo von ihr, in Campbon im Hof aufgenommen, auf dem sie ein kleines Kind auf dem
Arm hält – Nine, wie sich aus dem Datum auf der
Rückseite ergibt. Man erkennt auf den ersten Blick,
daß die Befürchtungen unseres Vaters begründet waren und es ihm nicht ganz gelungen ist, den Über-
gang vom einen Haus ins andere schadlos zu gestal-
ten. Unsere Mutter im Kittel, das ist ein Novum, es
sei denn, in Riaillé habe man sich grundsätzlich nur
im Sonntagsstaat photographieren lassen. Wir wollen darauf vertrauen, daß sie selbstverständlich ihre
halbhohen Absätze trägt, obwohl man ihre Füße
nicht sieht, doch bei diesem relativen Abstieg kann
man sich des Gedankens nicht erwehren, daß vom
rein modischen Standpunkt aus der Tausch ihres
einstigen Lebens gegen das jetzige ein Verlustge-
schäft war. Auch die Frisur ist im Vergleich zu ihrer
Verlobungszeit weniger kunstvoll, weniger adrett.
Zu ihrer Entlastung sei gesagt, daß sich die Mode gewandelt hat, daß man das Haar nicht mehr à la Stu-
dio Harcourt auftürmt und daß die Gemeinde zwei
Herren-Friseure zählt, von denen einer im Hauptbe-
ruf Holzschuhmacher und der andere Gemüsegärtner ist – wenn man das Haar so schneidet, wie man
eine Holzkugel schnitzt oder einen Kirschbaum
stutzt, sieht das Ergebnis auch danach aus –, sowie
eine Damenfriseuse, die goldrichtig ist für unsere
weiße Tante Marie, welche mit violettem Haar nach

Hause kommt, wenn sie bei ihrer alten Freundin in deren neben der Stehkneipe gelegenem Salon war, weshalb unsere Mama alle zwei oder drei Monate donnerstags den vom Eigentümer selbst gesteuerten und in Schülerschrift mit seinem Namenszug bemalten Bus von Campbon nach Nantes besteigt und abends gründlich dauergewellt zurückkommt, und das hält dann ebenso lange wie der betäubende Geruch der kleinen parfümierten Kalender des Salons in der rue de Verdun, der am Leder ihrer Handtasche haftet. (Später nimmt sie ihre Töchter mit, und da Papa seinen Friseur anderswo hat, bleibt für mich der Gemüsegärtner, dem man gar nicht erst zu sagen braucht, was einem aufgetragen wurde: über den Ohren ganz kurz, er kann gar nicht anders, zumal er locker aus dem Handgelenk schnippelt und durchs offene Fenster ein Auge auf seine Pflanzungen hält, jederzeit bereit, die am Stuhl lehnende Flinte hochzureißen, wenn er sieht, daß eine Amsel seine Obstbäume umflattert.)

Doch Kittel und Frisur würden nichts besagen, auch nicht die Emailschüssel auf dem Fenstersims, von der wir vermuten, daß sie zum Waschen der zarten Babywäsche diente, ebensowenig die von herabtopfendem Dachwasser herrührenden Flecken auf der Hauswand. Nur ein Lächeln für den Photographen oder ein Kußmund zum Kind hin, und man würde über diese kleinen Zugeständnisse ans Leben hinwegsehen. Da sie im Profil zu sehen ist und sich über ihr Kind beugt, von dem gerade noch die Nase

und die geschlossenen Augen aus dem Baumwoll-
mützchen herausschauen, ist kein eindeutiges Urteil möglich, und der Zweifel soll zugunsten der
jungen Mutter sprechen, aber man sucht vergebens
nach einem Fältchen am Mundwinkel, nach irgendeinem Gesichtszug, den man als Ausdruck von Seligkeit deuten könnte. Vielleicht kommt es daher,
daß sie überrascht ist. Übrigens hält sie das Kind
wie eine Anfängerin, die sie ja auch ist, weil sie
beim Erstgeborenen nicht die Zeit hatte, ihren zärtlichen Gesten den letzten Schliff zu geben. Ein wenig linkisch, ein wenig distanziert, vielleicht ihre
Rührung verhaltend, verlegen, nicht wirklich bei
der Sache, nicht wirklich in ihrem Element. Es gehört offenbar Talent dazu, ein Kind zu herzen und
zu wiegen, es in immer neuen Verniedlichungsfor-
men anzusprechen, ihm zarte Liedchen vorzusin-
gen, geduldig zu warten, bis es hinuntergeschluckt
hat, bevor man mit dem nächsten Löffel kommt, es
ist eine Begabung wie das Zeichnen, das Dichten
oder das Zubereiten einer Mahlzeit aus den Resten
vom Vortag.

Dabei hat sie noch längst nicht alles durchgestan-
den. Ihrer harrt noch die Nacht vom dreizehnten
Dezember, in der der Atlantikwind die Strom- und
Telephonleitungen herunterreißt und unser Vater
zu Fuß den Arzt holen muß, während sich oben, im
Zimmer zur Straße hin, seine Frau vor Schmerzen
windet (da sie so etwas ihrer schlimmsten Feindin
nicht wünschen möchte, ist klar, daß es eilt), wobei

die kreuz und quer herumfliegenden Schieferdach-
platten ihn beinahe enthauptet hätten, zumindest
hat er das so erzählt, und sonst hat es ja niemand gesehen, aber es wirkt ein wenig so, als wolle er gegenüber dieser Frau, die zum vierten Mal ihr Leben aufs
Spiel setzt, seine Rolle als Faktotum aufwerten, was
fast ein bißchen unredlich ist, denn Ehre dem, dem
sie gebührt. Durch seine kleine Geschichte ist
plötzlich er derjenige, der dem Tod ein Schnippchen
schlägt. Uns aber kommt etwas bekannt vor an dieser Nacht der entfesselten Gewalten, zumindest aus
einem Buch, wo allerdings jemand anders gegen den
Sturm ankämpft, nämlich Emiles Mutter Clotilde.
Denn im Gegensatz zu dem, was geschrieben steht
über jenen Tag nach Weihnachten, an dem der Vater-
Held ganz plötzlich verstarb, war seine Todesnacht
eine schöne, helle, für die Jahreszeit erstaunlich
milde Nacht, man muß also feststellen, daß da ein
Nächtetausch stattgefunden hat, daß der dramatischen Wirkung halber die Kulisse ausgewechselt
wurde, und durch diese Zeitmogelei sieht es auf einmal so aus, als wäre der Vater in der Geburtsnacht
seines Sohnes gestorben. Ein wahrhaft sonderbares
Hinüber und Herüber zwischen Tod und Geburt in
dieser dramatischen Stunde. Man hat denn auch an
keinem meiner Geburtstage versäumt, mich an dieses Zurweltkommen im Helldunkel des rötlichen
Petroleumlampenscheins inmitten des Sturmge-
heuls zu erinnern. Später sollte sich diese Geburt
am elterlichen Wohnsitz, obwohl sie durchaus et-

was Besonderes war, als weniger genehm erweisen, dann nämlich, wenn man die Angaben zur Person auszufüllen hatte. Es wäre, so schien es, dem Selbstwertgefühl förderlicher gewesen, hätte man in die Zeile »Geboren in« Nantes, Paris oder New York eintragen können anstelle dieses Orts auf dem flachen Land, der nach Hinterwäldlertum roch. Aber wie sollte man Leuten, die gar nicht danach fragten, erklären, daß diese scheinbar anachronistische Wahl mit einem grausamen Versagen der Modernität zu tun hatte, daß in ihr die blaurote zerbrechliche Gestalt des kleinen Choleratoten durchschimmerte.

Dann ging es noch einmal los bei unserer Mutter, mit allem, was dazugehört, denn nur sechzehn Monate später meldete sich das Nesthäkchen, das nicht unbedingt erwünscht war, so daß der Vater, dem sie die Unaufmerksamkeit einer Nacht mit einer ostentativen Migräne vergalt, diesmal etwas weiter wegfuhr und sich nicht mit einer Arbeit in der Nachbarstadt begnügte.

In ihren letzten Tagen, als sie völlig abgemagert im Krankenhausbett lag, unglaublich gealtert, als hätte die Zeit mit den Infusionen ihr Tempo forciert und sie in wenigen Wochen zwanzig Jahre zulegen lassen, so daß wir, die wir ihr immer die zähe Natur ihrer Mutter und ihrer Großmutter zusprachen und sie ohne weiteres die Neunzig überschreiten sahen, eine Vorahnung auf das erhielten, was sie in diesem Alter gewesen wäre, da gehörte zu ihren letzten Worten das halb schluchzend ausgesprochene Geständnis, sie habe ihr ganzes Leben lang das Gefühl gehabt, ihre Pflicht zu tun. Und es klang fast fragend, als ob es ihr wichtig gewesen wäre, es bestätigt zu bekommen. Daß sie in all den arbeitsreichen Jahren, allein in ihrem Laden, das Kunststück geschafft habe, es uns an nichts fehlen zu lassen, und daß es eben ihre Art gewesen sei, eine Art, die nicht viele Worte machte und nur an Taten glaubte, ihre Liebe auszudrücken. Als befürchtete sie, wir könnten ihr an ihrem Lebensende eine Bilanz präsentieren, in der sie auf der Soll-Seite hätte lesen können, worin ihr Manko lag, die Tatsache zum Beispiel, daß Kinder möglicherweise nicht ihre Stärke waren oder daß sie mit Zärtlichkeitsbezeugungen wenig verschwenderisch umging. Als möchte sie, indem sie diese mit harter Arbeit erkaufte Pflichterfüllung geltend machte, ähnlich wie ein ernster und fleißiger Schüler bei einer schlechten Leistung Nachsicht erwartet, sich absichern und jedem vergangenen, gegenwärtigen oder zukünftigen Tadel zuvorkommen. Worauf ihr Geständnis aber auch hinauslief, war die unterschwellige Andeutung, ihr Leben, dieses Leben voller Zwänge, sei alles andere als ein Vergnügen gewesen, und daran hätten wir durchaus unseren Anteil gehabt.

Zu einem großen Teil mag das stimmen, auf ihre Dramen braucht man nicht zurückzukommen. Daß sie danach den Hauptteil ihrer Kräfte darauf verwandte, uns großzuziehen, sei auch nicht bestritten. Aber wenn sie andererseits in den letzten zwanzig Jahren einfach fortfuhr, ihre Pflicht zu erfüllen, so war es doch übertrieben, uns dafür verantwortlich zu machen. Wir hatten keinen Anteil mehr daran. Weder als Nutznießer noch als Bittsteller. Selbst wenn sie sich während dieser Zeit aus der Ferne einige Sorgen um ihren Sohn gemacht haben sollte, von dem zu befürchten stand, daß nichts Rechtes aus ihm würde, so mag sein Fall hoffnungslos ausgesehen haben, aber vor Gericht wurde er schließlich nicht verhandelt, nicht einmal auf der Seite »Vermischtes«, oder dann nur ganz am Rande, er war ja nicht der einzige, der sich in seinen Talenten verschätzte, und das lohnte keine drei Zeilen in der Rubrik »mißratene Kinder«. Daß mal einer scheitert, kann als Gesetz der Gattung gelten, das heißt, es ist menschlich. Ein Drama ist es jedenfalls nicht. Es sei denn, sie habe auch das noch als ihre Pflicht erachtet, jenen mehr oder weniger wohlmeinenden Leuten zu antworten, die sie zu beschämen hofften oder jemandem den Mund stopfen wollten, indem sie sich nach ihrem großen Jungen erkundigten: Er führt sein eigenes Leben, lautete die lapidare, von einer unbestimmten Handbewegung begleitete Antwort, was sowohl Verträumtheit als ungewisse Zukunftsaussichten andeuten sollte. Da die Antwort definitiv war, durfte der Frager auf der Stelle das Thema wechseln.

Die Wirklichkeit ist, daß sie, seit sie im Laden die Zügel in die Hand genommen hatte, ob aus Pflichtbewußtsein oder nicht, es nicht eilig zu haben schien, sie wieder abzugeben, ja sogar ein wachsendes Vergnügen an der Sache fand, als ihr Geschäft florierte und ratsuchende Kunden von immer weiter her kamen, so daß sie das Stichdatum der Pensionierung verstreichen ließ und den Leuten, denen ihr Weitermachen als Verstoß gegen die Arbeitsgesetze vorkam, als könne sie mit ihrem Beharren das ganze System der sozialen Sicherung gefährden, zur Antwort gab: Ruhestand? Nie. Mit dieser direkten Art, die keine Umschweife kannte, hatte sie den anderen bereits erledigt, er mußte zugeben, ja, doch, solange die Gesundheit mitmache, und was habe da ein Stichtag zu bedeuten, man könne schließlich nicht an einem Tag arbeitsfähig sein und am nächsten zu nichts mehr taugen, sie habe vollkommen recht. Wenn sie übrigens doch einmal, weil sich das Thema nicht vermeiden ließ, die Möglichkeit des Aufhörens ansprach, so lautete der Tenor stets: natürlich, sicher, irgendwann schon, soviel wisse sie doch selbst, daß sie vernünftigerweise nicht davon ausgehen dürfe, dieses Tempo bis achtzig durchhalten zu können, doch da sie den Termin Jahr für Jahr aufs Ende des nächsten verschob, war rein theoretisch die Wahrscheinlichkeit groß, daß sie die Jahrtausendwende als Geschäftsfrau hinter dem Ladentisch verbringen würde.

Und der Grund für diese Hartnäckigkeit, mit der sie jeden Gedanken an einen Rückzug von sich wies, war vermutlich das Gefühl, nicht auf ihre Kosten gekommen zu sein. Einen Tag nach Weihnachten mit einundvierzig Jahren geboren zu werden, das reduziert natürlich die Lebenserwartung. Gerade mal die Lebenszeit eines Jesus oder eines Mozart, allerdings ohne die Jugend, so daß man sich weder Irrungen noch Wirrungen leisten darf, sondern sofort erwachsen sein und seinen Mann stehen muß, weshalb die Geschwindigkeit, mit der sich unsere Mutter zurechtfindet, alle Rekorde der Frühreife bricht. Rechnen wir nach: Zehn Jahre, um wieder Oberwasser zu bekommen, richtig aufzuwachen, die familiären Zwänge loszuwerden, die eigenen Fähigkeiten zu entdecken, wohldurchdachte neue Konzepte zu entwickeln, und als die Maschine richtig auf Touren gekommen war, verblieben unserer Mutter, wenn man vom gesetzlichen Rentenalter ausgeht, gerade noch vierzehn Jahre, um ihre Talente wirklich zur Geltung zu bringen. Da wäre es doch grausam gewesen, sie zu stoppen, als sie in voller Fahrt war und endlich die Früchte ihrer Schufterei erntete. Was, schon? Keine Ausnahmeregelung für solche, die erst mittendrin hinzugekommen sind?

Im Ruhestand war sie, der umgekehrten Reihenfolge ihrer schmerzlichen Verluste entsprechend, schon vorher gewesen: einundvierzig Jahre eines mustergültigen Lebens der Einkehr, das heißt des Gehorsams gegen Grundsätze und Ratschläge der ehrwürdigen Väter, ihres eigenen Vaters und des Vaters ihrer Kinder, mit übergangslosem Wechsel vom einen zum anderen, ohne sich Zeit zu nehmen, dazwischen die Welt zu erkunden, oder gerade so viel, wie es an jenem sechzehnten September neunzehnhundertdreiundvierzig in Nantes brauchte, um sich den Himmel auf den Kopf fallen zu lassen und nur dadurch noch am Leben zu sein, daß dieser Cousin sie ins Kellergewölbe des Café Molière zerrte. Ganz richtig, wenn man draußen keinen Schritt tun kann, ohne daß man Millionen von Bomben abkriegt, wenn das also das Leben sein soll, ist es klüger, man bleibt in Deckung, was sie tat, indem sie eine vorbildliche, schweigsame Mutter und Ehefrau war, deren tausend und abertausend Schritte und Handgriffe einem so selbstverständlich schienen, daß man sie kaum beachtete. Denn ein Leben vor dem Tod hat es natürlich schon gegeben, nur eben im Wartezustand, verpuppt, bis an jenem Abend des sechsundzwanzigsten Dezember jäh ihre Stunde schlägt, während im Badezimmer nebenan ihr Mann im Sterben liegt und sie gegen die Wand hämmert, um Onkel Emile zu Hilfe zu rufen, der zwar einen Fernseher hat, aber, weil er beim Fernsehgenuß nicht gestört werden will, kein Telefon, weswegen sie, nachdem sie wahrscheinlich vergeblich den Arzt zu erreichen versucht hat, zu diesem rudimentären, dem Busch angemessenen Verfahren, zu diesem kriegerischen Trommelwirbel ihre Zuflucht nimmt. Denn am Ernst des Augenblicks zweifelt niemand, dieser Krieg hat ein Opfer gefordert, bevor er erklärt wurde, auch wenn man nicht weiß, von welcher Seite der Schuß kam, der den großen Körper zusammensacken läßt. Doch sie ist bereit, wie diese Gefährtinnen, die die Waffen des gefallenen Mannes aufheben und urplötzlich einen Löwenmut beweisen, eine Energie, die niemand bei ihnen vermutete, obwohl man nur die Schritte und Handgriffe hätte summieren müssen, um die phänomenale Kraft dieser Frauen zu berechnen, gerade so, als hätte der Mann den Blick darauf verstellt und erst zusammenbrechen müssen, damit man es sehen konnte. Doch diesmal haben wir verstanden. Der Schock ist so groß, daß für uns nur noch die Welt untergehen kann. Uns ist, als würde sie mitgerissen beim Fall dieses Mannes, der Macht über sie hatte, oder als verlange man von ihr wie in alten Zeiten, daß sie sich opfere und dem Fürsten ins Grab folge. Diese Fäuste, die die Zwischenwand dumpf erdröhnen lassen, dieses Schreien, wen erstaunt es, daß uns das Schauspiel der Eingemauerten Angst einjagt?

Wir hätten dennoch nicht an ihrer Kraft zweifeln dürfen. In den Jahren ihrer Internierung hatte sie so viel davon angesammelt, daß es zum Bergeversetzen gereicht hätte. Diese Klopfzeichen des Gefangenen, mit denen er der Welt der Lebenden sein Vorhandensein signalisiert, kündigen seinen nahen Ausbruch an. Dazu braucht sie die Hilfe Emiles, des großen Zauberers, der ein Geldstück spurlos verschwinden lassen und mit einem Fingerschnippen ein anderes herholen kann. Wir werden einen phantastischen Zaubertrick erleben, der den mit der verschlossenen schwarzen Kiste noch überbietet. Man stelle sich vor: Über ein Kruzifix wird ein Tuch geworfen, ein Zuschauer wird gebeten, es mit einem Ruck wegzuziehen, und zum maßlosen Erstaunen aller fliegt von der Stelle, wo der Gekreuzigte hing, eine Taube auf. Wir hätten nicht zweifeln dürfen. Jetzt erinnern wir uns, wie sie, um Edmond Dantès, alias Graf von Monte-Christo, zur Flucht zu verhelfen, sein Gefängnis einstürzen ließ, indem sie am sechzehnten September neunzehnhundertdreiundvierzig tonnenweise Bomben über Nantes abwarf, welche das Château d'If, das Kino Le Katorza und die Stadt in Schutt und Asche legten. Zwanzig Jahre später macht sie es erneut Edmond Dantès nach, der in den Sack schlüpfte, in dem Abbé Farias Leichnam lag, und sich darin von den Wächtern der Festung ins Meer werfen ließ, wie Edmond Dantès wird sie also den Platz des Toten einnehmen, um dem Verlies zu entrinnen.

II

Sie wird diese Zeilen nicht lesen, die eigensinnige kleine Gestalt, die der verlorenen Zeit nachlief und mit eingezogenem Kopf und energischem Kinn durchs Leben hastete, die Arme zumeist mit Paketen beladen, auf ihren unvermeidlichen halbhohen Absätzen einhertrippelnd, als wollte sie ihre Verspätung aufholen, nie auch nur einen Gedanken daran verschwendend, sich literarisch in Pose zu setzen, uns im Vorüberhuschen vom Gang aus durch die offene Tür in die Küche zurufend, wo wir am Tisch sitzen, während sie ins Lager läuft, um das fehlende Glas zu einem vor zehn Jahren verkauften Service zu holen: Fangt ohne mich an, oder: Wartet nicht auf mich, und wir haben auch gleich verstanden und decken in kluger Voraussicht ihre Tasse mit der Untertasse zu, damit ihr Kaffee warm bleibt, den sie aber letztlich doch kalt trinken wird, denn sie wird nicht so bald wiederkommen, und aufgewärmten Kaffee findet sie widerlich, doch nachdem jetzt der Laden geöffnet hat, werden wir, bis er wieder schließt, mit einer Kometenmama vorliebnehmen müssen.

Lange Zeit ärgerte uns das Gefühl, weniger zu gelten als die Ladenräson, hintanstehen zu müssen hinter Madame X und dem zerbrochenen Glas aus ihrem Service, an dem sie hängt, weil es ein Hochzeitsgeschenk ist von ihrem Onkel und ihrer Tante, die dort und dort wohnen, alles ungeheuer wichtige Details, über die uns Mama haarklein unterrichtet, während sie, bevor die Ladentür das nächste Mal klingelt, sprungbereit am weiß emaillierten Kochherd lehnend, den erkalteten Kaffee mit einer Grimasse hinunterstürzt und beim Abstellen von Tasse und Untertasse konstatiert: Warm schmeckt er schon besser, bevor sie zum nächsten Kunden eilt, von dem sie annimmt, daß es eine Kundin ist, denn schon vom Gang her, noch bevor sie die Pendeltür zum Laden aufstößt, ruft sie: Ich komme sofort, Madame, und steht sie dann doch einem Mann gegenüber, korrigiert sie lachend den Fauxpas, oh, entschuldigen Sie, Monsieur.

Und natürlich nimmt ihr nie jemand etwas übel. Außer wir, manchmal. Wir, die wir sie begleitet haben auf dem Gang durch die Finsternis, die wir gewissermaßen mit ihr hinabgestiegen sind ins Grab, wo alles dunkel und still ist wie der Tod, von wo sie, wie wir und sie glaubten, nie mehr herausfinden würde, die wir schließlich doch erleichtert miterlebten, wie sie nach diesen zehn langen Jahren des Emporarbeitens wieder an die Oberfläche kam, ihr schallendes, spöttisches Lachen ertönen ließ, das Leben so kräftig anpackte wie ihre Pakete und immerzu rannte und eilte, während wir, die wir möglicherweise viel schlimmer durcheinander waren als

sie, uns schwertaten, zu unserem Leben zurückzufinden. Denn die Drohung, die das kleine Mädchen
vernahm, als sie nach der Schule durch den Laden
hereinhüpfte, hatte die junge Witwe noch anders
formuliert, und zwar vor der grauen Granitplatte, zu
der wir jeden Sonntag pilgerten, um ein wenig zu
gärtnern, das Unkraut in der Begonienschale vor
dem Grab zu zupfen und den von treuen Seelen immer noch in die Vasen gesteckten Blumen frisches
Wasser zu geben, bevor wir unseren Besuch mit
einer Minute andächtigen Schweigens beendeten,
während der die Gestalt unseres Vaters vom Schein
der Heiliggesprochenen umstrahlt war. Diesen Augenblick des tiefen, ganz vom Gedanken an den Tod
beherrschten Ernstes hatte sie gewählt, um anzure-
gen, wir möchten doch, wenn auch sie an der Reihe
sei, ihren Namen symmetrisch zu dem seinen auf
der anderen Seite des liegenden Kreuzes einmeißeln
lassen, und sie beugte sich vor, um die Stelle genau
zu bezeichnen, hier, links, wo noch nichts steht, womit sie uns, unter dem Datum ihrer Geburt, fast
schon das ihres baldigen Hinscheidens ankündigte.
Aber ihr seid zwischen zehn und vierzehn, und
nach dem, was ihr durchgemacht habt und was erst
ein oder zwei Monate her ist, meint ihr, nach diesem
fürchterlichen Schlag auf den Kopf müsse das nicht
unbedingt auch noch sein. Ihr meint, es wäre nicht
sehr vermessen, auf eine Gnadenfrist zu hoffen. Ihr
setzt also eine unbeteiligte Miene auf, erklärt, daß
ihr es nicht eilig habt, und schaut einander lächelnd

an, als ob ihr mit dieser kümmerlichen Allerwelts-
formel die Frist ganz weit hinauszuschieben ver-
möchtet. Auf taube Ohren gefallen ist es gleichwohl
nicht. Ein vages Gefühl sagt euch, daß ihr den gefor-
derten Aufschub noch nicht in der Tasche habt, ihr
fangt bald an, die Überlebende systematisch zu
beobachten, ihr behaltet sie wie eine Selbstmord-
kandidatin im Auge, ihr organisiert einen Wach-
dienst, sorgt dafür, daß sie möglichst wenig allein
ist, weshalb du deine Ferien, die doch eigentlich
ganz anders sein sollten als das verhaßte Internat,
bei ihr verbringst und gar nicht erst fragst, ob du einmal wegfahren könntest, an den Strand oder in die
Berge, wo die Langeweile ohnehin nicht geringer
wäre. Denn seit diesem Tag nach Weihnachten ist
es, als würdest du im Schatten sitzen und dem Leben zusehen, wie es sich von der Sonne bescheinen
läßt. Es fällt dir also nichts Besseres ein, als den Ein-
zelgänger zu spielen, was dir wenigstens die Ausreden erspart. Diese Einsamkeit ist der Tribut, den du
dafür zahlst, nicht zugeben zu müssen, daß du es
nicht kannst. Was? Mitmachen.

Die Ferien also eingesperrt im Elternhaus. Ereignisse sind rar, deshalb muß man sie auskosten. Für
die ersten drei Wochen der Sommerferien kann man
auf die Tour de France zählen, sie kommt zuverläs-
sig jedes Jahr – nur wenn Krieg ist, fällt sie aus, was
man begreift, denn es könnte ja ein Heckenschütze
von einem Dach aus auf das gelbe Trikot halten –,
und die Ankunft an der Tagesetappe wird direkt

übertragen vom einzigen Programm des Fernsehens, welches auf Anraten von Onkel Emile vor kurzem bei uns Einzug gehalten hat. Zur Feier des Tages hat Marc-Antoine Charpentier eigens ein Te Deum komponiert, es verkündet mit Fanfarenklängen, daß die ersten Rennfahrer in Sichtweite des Transparents sind, das die letzten zwanzig Kilometer ankündigt. Was aus deiner Warte nie genug ist. Dir bleibt nur die Hoffnung, das Hauptfeld möge aus Müdigkeit oder Unlust unterwegs getrödelt haben und mit so viel Verspätung eintreffen, daß das Ende der Übertragung fast mit dem Beginn des Abendprogramms zusammenfällt. In einem solchen Idealfall ist der Nachmittag gerettet. Denn von nun an brauchst du dir keine Sorgen zu machen. Da du alles anschaust bis zum letzten Bild, das ungefähr um Mitternacht kommt, ist auch das Problem der Abendgestaltung gelöst. Ob Sänger singen, Camargue-Rinder Kellner umschubsen, Zauberer die Mona Lisa verschwinden lassen oder die Liebhaber der Königin von einem Turm hinuntergestürzt werden, es ist egal, ob die Sendung gut ist oder nicht. Bei der verzweifelten Suche nach einem Mittel gegen die Langeweile bist du nicht wählerisch. Alles ist recht, wenn es nur die Stunden ausfüllt. Was in der Leere der Ferien keine Kleinigkeit ist. So bleibt, wenn der Sieger der Tour de France einen letzten Strauß überreicht bekam, eine Schönheitskönigin ihn ein letztes Mal geküßt hat und dann noch eineinhalb Monate übrig sind bis zur angstvoll erwarteten Rückkehr ins Internat, nur noch zu hoffen, daß es in Paris regnet, weshalb du jeden Morgen die Wetterkarten in der *Résistance de L'Ouest* studierst. Denn in diesem Fall beschließt das einzige Fernsehprogramm, zum Trost seine Antenne aufzumachen und eine Filmrarität wie *Die weiße Amsel* zu senden, was eigentlich einen ganz guten Ersatz für schönes Wetter darstellt und die Möglichkeit eröffnet, mit Onkel Emile über die Verdienste des Schauspielers Jean Tissier zu fachsimpeln, doch leider meinen es die Meteorologen mit der Pariser Region besser als mit Westfrankreich, und Privilegien bekommen nur die Reichen.

Natürlich gibt es auch den Laden und das Bedienen, worin wir von Kindesbeinen an geschult wurden, aber jetzt schlurfen wir herum, finden es lächerlich, uns mit diesen merkantilen Transaktionen zu kompromittieren, fühlen uns erniedrigt durch dieses Ritual, das von einem verlangt, immer nett und freundlich zum Kunden zu sein, sich nie aufzuregen, nie mal diesen Typen mit seinen Ansprüchen einfach stehenzulassen, sondern es zu ertragen, wenn er einem manchmal von oben herab kommt, was denn das für ein Kaff sei, und den Strandschneckenzieher, den er unbedingt brauche, bekomme er eben doch nur in der Stadt, und wir dürfen dann auch sein Gejammer anhören, wie er aufgeschmissen sei ohne seinen Schneckenzieher, und die Gäste kämen gleich, und ob wir nicht zufällig – als herrsche in unserem Laden der Zufall – eine

Pilpelplatte hätten? nein? Weshalb wir uns in der Küche verkriechen und dort darauf warten, daß es in Paris regnet, dabei war es in unserer Kindheit fast ein Spiel, in den Laden zu stürmen, sobald ein hereintretender Kunde die schrille Klingel auslöste, auf die wir unseren Stolz hatten, da in den meisten Geschäften noch ein Glockenspiel aus bimmelnden Kupferstäben über dem Türstock hing.

Wobei diese Klingel auch ihre Tücken hatte: Manchmal blieb sie wegen eines schlechten Kontakts oder eines Stromausfalls stumm, so daß der ungeduldige Kunde nach einer Anstandsfrist selbst auf sich aufmerksam zu machen begann, indem er hustete, zunächst dezent, als würde er sich räuspern, dann immer lauter, um gegen die Mißachtung seiner Person zu protestieren, so daß wir uns – selbstverständlich nur im Spaß – beim Hinüberrennen schon fragten, ob wir nicht den Arzt rufen sollten, ein andermal blockierte die nicht ganz geschlossene Tür den Kontakt und provozierte ein ohrenbetäubendes Dauergeschell, und wir fluchten über diesen Kerl, der die Tür auch selbst hätte zudrücken können, uns statt dessen aber nur breit angrinste und es genoß, wie wir ihm entgegengestürzt kamen, obwohl wir ihn fast umstießen, wenn wir nach der Klinke hechteten und mit einem resoluten Stoß die Plage abstellten. Aber nicht daß wir die kleinste Bemerkung riskiert oder gar den Eintretenden gefragt hätten, ob er möglicherweise keine Ohren habe. Zu den Öffnungszeiten hatten wir uneingeschränkt zu

Diensten zu sein, bis wir hinter dem letzten Kunden
den Laden absperren konnten. Diesem, dem Nach-
zügler, galt unser Mitgefühl, denn schuld an seinem
späten Besuch – er jammerte uns genug vor, wie
peinlich es ihm sei, und wenn es ihn ankam, stam-
melte er sogar Entschuldigungen – war ja sein harter
Job oder die gleitende Arbeitszeit, deretwegen er erst
abends um neun seine Einkäufe machen und das
Allernotwendigste besorgen konnte – wir wollten
natürlich alles in unserer Macht Stehende tun, um
dieses demütigende Los zu lindern –, zum Beispiel
ein Ei aus Gips (oder aus Holz, etwas teurer, dafür
unzerbrechlich), mit dem man seine Hühner über-
listen kann, immer am gleichen Ort zu legen oder zu
brüten – aber, sagen Sie, es ist doch schon spät, schlafen die denn immer noch nicht? Hühnerschlaflosig-
keit? Ach so, da sind wir ja beruhigt, aber Sie be-
dauernswerter Mensch, Sie haben sicher noch nicht
zu Abend gegessen? Wir übrigens auch nicht. Nur
fragt er uns nicht danach. In seiner Sicht des univer-
sell Ausgebeuteten gehören die Ladeninhaber zum
anderen Lager, wo man nur Däumchen zu drehen
braucht, und schon fliegen einem die gebratenen
Tauben in den Mund. Hinter dem Ladentisch stehen
und Kaufladen spielen, Geld herausgeben nach dem
System und zehn sind hundert, das kann schließlich
jedes kleine Mädchen, ein Kinderspiel. Ach, zufällig
kein Geld dabei, macht nichts, zahlen Sie's das
nächste Mal. Wir verstehen, daß es harte Zeiten sind
und die Kneipentour dem Geldbeutel zusetzt, und

sind gern bereit, auf einen Treffer beim nächsten Pferdelotto zu warten.

Am Heiligen Abend leisteten wir auch regelmäßig Nothilfe, die Empfänger waren fast immer dieselben, und wenn sie einmal nicht kamen, erschien uns das so seltsam, daß wir sie der Untreue verdächtigten: zerstreute Ehemänner, denen beim Läuten zur Mitternachtsmette plötzlich einfiel, daß sie die Bescherung an der Krippe vergessen hatten, ebenso die Schuhe, die man füllt, aber womit, es ist doch jedes Jahr dasselbe mit dieser Schenkerei, und weil ja so oft Muttertag und Weihnachten ist, hat sie – die Ehefrau – längst schon alles und braucht nichts mehr, wozu raten Sie mir denn? Heikel sind sie aber meistens nicht und entschließen sich rasch für eine Pfanne oder eine Blumenvase, diese da, das reicht schon, und fragen uns, ob wir es einpacken könnten, während sie in der Mette sind, schielen nach der Uhr, oh, jetzt bekomme ich Schelte, also darf ich es auf dem Rückweg abholen, haben Sie dann noch offen? Was für eine Frage, dann ist es schließlich erst ein Uhr früh, aber nun werden sie doch von Skrupeln gepackt und meinen, ein Geschenkband bräuchte es nicht unbedingt, das sei nicht nötig und nur unnützer Aufwand, wir hingegen bestehen darauf, doch doch, so sieht's gleich festlicher aus, überdies können wir bei der Gelegenheit schräg über das Band ein Etikett in Form eines Stechpalmenblattes kleben, dessen Gummierung einen Bittermandelgeschmack auf der Zunge hinterläßt und auf dem mit goldenen Lettern auf grünem Grund Frohe Weihnachten steht, und morgen werden diese Etiketten bis zum nächsten vierundzwanzigsten Dezember in der Schublade der Theke verstaut. Und wir hätten dann etwas verpaßt.

Am Sonntag gibt's nichts, da gönnen wir uns einen Ruhenachmittag. Doch klopfet an, so wird euch aufgetan, worauf sich einige Spaziergänger besinnen, entweder weil sie etwas unbedingt brauchen, oder weil sie mal wieder vorbeischauen wollen, oder weil sie sich als Freunde trauen dürfen. Denn am Sonntagnachmittag – Gott ist nicht nur überall, sondern auch allezeit gegenwärtig – ist Vesper, das heißt, daß danach plötzlich die dringend benötigten Gipseier (oder Holzeier) fehlen, oder Gummiringe für die Einweckgläser, denn die Bohnen aus dem Garten darf man ja nicht verkommen lassen, oder ein Milchwächter, eine Art Monokel für Zyklopen, bei dem man sich fragt, wie es die Milch am Überkochen hindern soll, aber bitte schnell, die Milch siedet schon, oder eine Wärmflasche, denn die alte ist bei dieser Eiseskälte geplatzt und hat die ganze Matratze naß gemacht, Wärmflasche zu voll oder Wasser zu heiß, diagnostizieren wir fachmännisch und heben zu einer Physikvorlesung an, der Dampf hat ein größeres Volumen, und wenn nicht genug Platz da ist, denken Sie an den Papinschen Topf, den ersten Dampfkochtopf mit Überdruckventil. Oder es kommt einer zufällig vorbei, im Sonntagsstaat, ohne dringendes Anliegen, betätigt ausgiebig die

Klingel und fragt mit unschuldiger Miene, haben Sie etwa gar nicht geöffnet? Störe ich auch bestimmt nicht? Nur eine Frage, hätten Sie vielleicht nicht – hier spitzen wir sogleich die Ohren, unsere schlechte Laune ist verflogen, jetzt kommt die große Bewährungsprobe, sollten wir etwas nicht haben? Wir erheben den Anspruch, alles zu führen, was man auf dem Lande anständigerweise benötigt, außer Lebensmitteln, Bekleidung, Saatgut und landwirtschaftlichen Maschinen, und die Unterstellung, es könne etwas nicht vorrätig sein, ist unhaltbar bei der Vielfalt von Schätzen in unserem Laden, denn was Sie sehen, ist ja nur die Spitze des Eisbergs, außerdem haben wir noch das Reservelager im Garten, das uns die geheimnisvoll geraunte Antwort gestattet, hm, mal schauen, ob noch eins da ist, auf die hin unsere Mutter in den Gang hinaushuscht und insgeheim erleichtert einige Minuten später mit etwas zurückkommt, was vielleicht kein Strandschnekkenzieher und keine Pilpelplatte ist, aber jedenfalls ein selten günstiges Angebot.

Denn seit der Tragödie muß sie, die so viele Hilfen hatte zu Lebzeiten ihres freigebigen Mannes, der sich abrackerte, um ihr die Fron der Hausarbeit zu ersparen, Haushalt und Laden gleichzeitig bewältigen, und zwar allein – der jungen Marie-Antoinette hat sie bedeutet, daß sie sie nicht behalten könne –, weshalb sie ständig hin und her läuft, die Kundin bittet, sich kurz zu gedulden und schon mal zu überlegen, während sie rasch das Gas am Herd zurückdreht, oder den Stecker des Bügeleisens zieht, oder die Waschmaschine in Gang setzt, und kurze Zeit später im Laufschritt zurückkommt, um die unnütze Frage zu stellen: Haben Sie sich entschieden?, denn die Antwort kennt sie schon: Ich bin noch unschlüssig, worauf sie: Lassen Sie sich Zeit, oder gar: Nehmen Sie beide Modelle mit und zeigen Sie sie Ihrem Mann, Ihren Kindern, Ihrer Mutter, den Jungvermählten, und behalten Sie das, was Sie möchten, aber fühlen Sie sich nicht verpflichtet, Sie können ohne weiteres auch alle beide zurückbringen, wenn Ihnen keines gefällt, jedenfalls fand sie immer eine Form des Entgegenkommens, was ein ganz eigenes Geschäftsverständnis verriet, bei dem die Qualität des Angebots und der Dienst am Kunden mehr zählten als das Geldverdienen. Apathisch um den Küchentisch sitzend, sahen wir ihr zu, wie sie schweigend schuftete und alle ihre Kräfte aufbot, um uns mit dem zu versorgen, was sie als wesentlich erachtete und was in ihren Augen das Wohl ihrer Kinder ausmachte: Essen, Wäsche, Geld fürs Studium, wogegen sie alles übrige großzügig unsere Sorge sein ließ.

So konnte man es sich gleich aus dem Kopf schlagen, mit ihr besprechen zu wollen, was man später einmal zu machen gedachte, warum man sich in der Schule für dieses und nicht jenes Fach entschied, was einen zur Wahl eines bestimmten Zweiges bewog, welches die Vorzüge der einzelnen Laufbahnen waren. Der Vorteil der Vaterlosigkeit ist, daß man sich bei solchen Fragen nicht aufhält. Natürlich, man könnte durchaus von der Witwe erwarten, daß sie sich die Befugnisse des Verstorbenen aneignet und es übernimmt, den Heranwachsenden mit ernster Miene zu fragen: Hast du schon darüber nachgedacht, was du einmal werden willst? was du studieren möchtest?, so wie das sich wohl anderswo abspielt. Doch in der Ausnahmesituation, die für eure Mutter seit dem jähen Verlust des Ehemannes gilt, ist für solche Gedankenspiele kein Raum. Nicht, daß eure Zukunft sie nicht interessierte. Aber wie soll man den Kopf dazu bringen, so weit vorauszudenken, wenn man Tag für Tag zusehen muß, daß man bis zum Abend über die Runden kommt? Und wer die junge Witwe erlebt hat, weiß, daß sie jahrelang nur noch ein Schatten ihrer selbst war, der sich mit allen Kräften gegen die Versuchung stemmte, ganz Schluß zu machen. Da du außerdem selbst schon solche Probleme hast, die Zeit zwischen dem Ende der Etappe und dem Beginn des Abendprogramms totzuschlagen, können wir uns mit deiner Zukunft ebensogut dann beschäftigen, wenn es soweit ist, das heißt am Sankt-Nimmerleins-Tag.

Weshalb du, als Sankt Nimmerlein da ist und du dich zu nichts, was einer Berufstätigkeit gleichkäme, speziell hingezogen fühlst (ein geisteswissenschaftliches Studium erleichtert dir die Aufgabe gewaltig, weil es keine konkreten Aussichten bietet), es ganz und gar albern findest, wenn deine Kameraden feierlich über ihre Zukunft diskutieren, mit großem Ernst die Stellensuche ventilieren und sich der Übung halber um pädagogische Hilfsjobs reißen, beim Bäcker Zettel aushängen, auf denen sie als seriöse Studenten Nachhilfe in allem anbieten, was sich unterrichten läßt, vom Kindergarten bis zum Promotionsstudium, sich gegenseitig die Babysitterstellen abjagen und sich um die Wette bei alten Damen zum Vorlesen bewerben, Prospekte verteilen, kellnern, Autos waschen und, zumindest die Streber unter ihnen, sogar Postverteilungsprogramme analysieren, um später bei der Bewerbung für den höheren Postdienst die besten Chancen zu haben. Du kannst nur noch staunen. Mama hatte dir nichts gesagt (ihr einziger Rat besagte ungefähr: Tu, was du willst, aber übernimm den Laden nicht). Also überlegst du, was du zu bieten hättest, womit du groß herauskommen und in erlauchte Kreise Einzug halten könntest. Viel kannst du leider nicht ausmachen. Die paar Sachen sind schnell aufgezählt. Drei Gitarrenakkorde, zu denen du etwas summst, was einer Melodie ähnelt, und da du die begeisternde Entdeckung gemacht hast, daß sich Herz auf Schmerz reimt, meinst oder träumst du, wenn man beides kombinierte, ließe sich vielleicht. Deine Mama, der du nichts erzählst, die offiziell keine Meinung dazu hat, sieht dir bei deinen künstlerischen Gehversuchen zu, sie rät dir nicht ab und nicht zu, du fragst dich nur manchmal, wenn du mit geschlossenen Augen die Inspiration suchst und dann, wenn du sie wieder öffnest, ihrem Blick begegnest, ob das, was sie für dich empfindet, nicht bestenfalls als Mitleid zu werten ist.

Dasselbe gilt für die quälenden Fragen, die um das eine kreisen. Es wäre dir nicht im Traum eingefallen, vor ihr ein Wort darüber zu verlieren. Wenn ein Mann und eine Frau sich einander nähern, ist stets Henry Bordeaux mit dem Schleier seiner Erbaulichkeiten zur Stelle. Also keine Möglichkeit zu erfahren, was zwischen ihnen passiert. Deinen Vater darauf anzusprechen, wäre wohl auch nicht einfacher gewesen, aber zumindest erinnerst du dich, ihn als Verführer in Aktion gesehen zu haben. Und nicht als schüchternen, sondern als einen, der ganz ungeniert mit den Frauen schäkerte und notfalls das Messer zog. Für die gute Sache natürlich. Zum Beispiel bei einem sonntäglichen Zoobesuch. Vielleicht in La Flèche, wo unter feinem Nieselregen ein Wärter auf ledergeschürztem Vorderarm einen Adler präsentiert. Die Menagerie stellt wohl nicht nur Raubvögel zur Schau, man findet hier wahrscheinlich alles, was einigermaßen wild aussieht und in einen Käfig paßt, doch die Hauptattraktion unseres Besuchs präsentiert sich auf der Seite der Zivilisierten, wo der Weg von mehreren Regengüssen aufgeweicht und glitschig ist, weshalb die Besucher bei jedem Schritt aufpassen müssen, um nicht in eine Pfütze zu treten, doch ein Mädchen, eine Halbwüchsige, vergißt das, vielleicht weil sie gebannt den Raubvogel betrachtet, oder den Dompteur, oder sich auf die untergehakte Freundin verläßt, doch plötzlich, gerade als wir fünf an ihr vorbeikommen, rutscht sie aus und fällt in eine Schlammpfütze. Sie trägt ein geblümtes, von der Taille an ausgestelltes Sommerkleidchen, das beim Hinfallen hochrutscht, so daß das linke Bein bis ganz oben verschmiert ist. Mit Hilfe ihrer Freundin steht sie auf und betrachtet das Ausmaß des Schadens, sie bleibt wie versteinert stehen, lacht und heult gleichzeitig, wagt keinen Schritt mehr, hält den Fuß erhoben neben dem Schuh, einem weißen Pumps, der umgekippt wie ein gestrandetes Boot mitten auf dem Weg liegt, mit der rechten Hand stützt sie sich auf die Schulter der Trösterin, die ebenfalls lacht und jammert, die Leute bleiben stehen, schauen mitleidig und tun nichts.

Außer diesem großen weißhaarigen Herrn da, der die Lage mit raschem Blick erfaßt, als Mann der Tat reflexartig reagiert und aus seiner Hosentasche, als wäre sie ein Erste-Hilfe-Beutel, ein Messer hervorholt, jenes bewußte, berühmte Volledelstahlmesser, wichtigstes Utensil des Handelsvertreters, mit dem er ruckzuck Paketverschnürungen durchtrennt, Schrauben festzieht, ein zusätzliches Loch in den Ledergürtel sticht und gegebenenfalls eine Flasche entkorkt. Doch diesmal können selbst wir, die wir die unendlichen Möglichkeiten seiner Kriegswaffe kennen, uns nicht vorstellen, wie sie bei aller Perfektion ein Problem wie dieses zu lösen vermöchte. Dem Mädchen soll ja nicht, nur weil es schmutzig ist, das Bein amputiert werden. Doch wir sehen ihn mit dem Fingernagel in die Rille greifen, die große Klinge aus dem Chromstahlblock herausklappen, ein paar beschwichtigende Worte zu der jungen Dame sagen, mit dem Messer in der Hand zu ihr hingehen und sich vor ihr hinkauern, worauf sie, nach kurzem Blickwechsel mit der Freundin, sich nicht mehr zu rühren getraut und ihr Lachen verstummen läßt, sich vielleicht dadurch beruhigt, daß sich die Szene ja nicht mitten in einem finsteren Wald, sondern im Angesicht der sich ansammelnden Menge abspielt und es wohl unangebracht wäre, Zeter und Mordio zu schreien und humpelnd davonzurennen, es also geschehen läßt, daß unser ihr zu Füßen kauernder Vater beginnt, zartfühlig den Schmutz vom dargebotenen Bein zu schaben, als würde er es rasieren, systematisch ganz oben am Oberschenkel beginnend, von Zeit zu Zeit den angesammelten Schlamm an einem Stein von der Klinge wischend, dann mit Liebe zum Detail seine Barbiertätigkeit fortsetzend, nun mit aktiver Unterstützung der Verunglückten, die manchmal versucht ist, ihr labiles Gleichgewicht dadurch aufrechtzuerhalten, daß sie die freie Hand auf das weiße Haar ihres Retters legt, und jetzt auch, um ihm die Arbeit zu erleichtern, den Saum ihres Kleides hochhält, den sie erst dann sinken läßt, als jede Schmutzspur auf ihrem Bein wie durch eine Zauberspülung getilgt ist, wonach sie endlich merkt, daß die Frau, die etwas abseits am Wegrand steht und im Kreis ihrer drei Kinder die Szene beobachtet, die Ehefrau des

Messermannes sein muß, denn ihr Lächeln auf den schmalen Lippen wirkt etwas gezwungen, als sie ihrem Mann zusieht, wie er der Ausrutschspezialistin den weißen Pumps an den Fuß steckt.

An ihrer säuerlichen Miene merkt man sofort, daß sie an der Episode keinen Gefallen findet, daß sie es vorgezogen hätte, ihr Mann würde bei dieser improvisierten Marivaux-Szene, dieser Galanterie in aller Öffentlichkeit, eine andere Rolle spielen als die des Kammerdieners zu Füßen der Zofe. Schlechter Einfluß von Passepoil und Planchet. Oh, natürlich wird sie sich jede Vorhaltung, jede spitze Bemerkung versagen, zumal er meistens Erfolge einheimst, so wie jetzt, wo er mit den Beifall zollenden Zoobesuchern scherzt, während das Mädchen, an den Arm der Freundin gehängt, sich entfernt, weil es sich gleichwohl möglichst schnell zu Hause umziehen will. Wer unsere Mutter auch nur ein bißchen kennt, ahnt ihren Groll. Auf dem Beifahrersitz wird sie mit aufeinandergepreßten Lippen und zusammengezogenen Augenbrauen die Beleidigte spielen und ihr Schweigen erst nach einer gewissen Inkubationszeit mit einer Bemerkung brechen, wobei ihre verhaltene Wut sich in einem nervösen Zittern des Kinns verrät, ihre Worte aber nur einen Bruchteil ihrer Verärgerung zum Ausdruck bringen, etwa so, wie auf dem Pausenhof das wehrlose Kind, das gerade noch die Tränen zurückhalten kann, seinen Peinigern nichts entgegenzuhalten weiß als ein hilfloses Das sag ich aber meiner Mutter, nun, unsere Mutter macht es ganz ähnlich, es klingt nicht viel anders, wenn sie zurückgeben will und ihre Wut plötzlich in einem Satz wie diesem ausdrückt: Jedenfalls weiß ich genau, was ich sagen will, was uns baß erstaunt, denn bis jetzt hat sie sich in ein störrisches Schweigen gehüllt, in dem wir nur das dumpfe Aufeinanderprallen der Gedanken hinter der zerfurchten Stirn wahrnahmen, also warten wir, die diffuse Drohung spürend, gespannt auf das, was nun kommt, denn, ja, worum geht es eigentlich genau?

Aber so erstaunt braucht ihr auch wieder nicht zu tun, denn ihr wißt, worum es geht. Es gibt zwei Möglichkeiten, sie aus der Fassung zu bringen. Die eine ist, ihre pragmatische Sicht der Dinge anzufechten – man komme ihr also nicht mit außerirdischen Wesen oder ähnlichen realitätswidrigen Vorstellungen –, schließlich zeigt der Erfolg ihres Ladens, seit sie ihn allein führt, daß sie recht hat mit ihrer Anschauungsweise (Beispiel: es ist besser, Artikel verbilligt abzugeben, als sich zu verschulden, indem man das Schaufenster richten läßt, das dann funkelnd neu aussähe und nur die Vertreter anlockte), die andere ist die Sexualität. Unter Sexualität verstehe man die gängige Ausführung, die darin besteht, daß eine Frau und ein Mann sich paaren. Was den Rest betrifft, all diese Rollentauschspiele und diversen Assoziierungen, Vermischungen, Achilles und Patroklos, Leda und der Schwan, Herkules in Frauenkleidern, Penelope mit ihrem Tuch, so hatte sie zwar nichts dagegen einzuwenden, nur sie glaubte nicht daran. Man verkaufte sie für dumm damit. Ihr wollt mich für dumm verkaufen, und sie zuckte mit den Schultern und wandte mit hochgezogenen Augenbrauen und gesenkten Lidern den Kopf weit ab. Sexualität war eine Art Konvention, ein Ritual, das zwischen den jungen Eheleuten am Abend der Hochzeit mit einem freiwilligen oder unfreiwilligen Initiationsakt begann. Von diesem Moment an durfte sich alles nur noch zwischen diesen beiden abspielen, die sich füreinander geöffnet hatten. Über unseren Vater behauptete sie, auch wenn sie damit gleichzeitig die Beschaffenheit ihrer Zweifel ausdrückte, er habe sie zum Beweis seiner Ehrlichkeit, und demnach seiner Treue, überall hinführen können, wo er sich aufgehalten habe, also in alle Gasthäuser und Hotels, in denen er auf seinen Rundreisen durch die Bretagne gewöhnlich abstieg, womit gemeint war, daß er nichts zu verbergen hatte, daß sein Verhalten in jeder Hinsicht untadelig war – auch dieser unselige Messerhieb in ihren Vertrag konnte für sie daran nichts ändern –, denn, bitte, darf ich Ihnen meine Frau vorstellen. Was nicht von vornherein das Gegenteil ausschließt (doch hatte sie wohl recht, auch wenn wir sie gern kennengelernt hätten, diese Frau, nun nicht mehr ganz jung, aber noch mit diesem prickelnden Etwas im Bein, die bei der Erwähnung des großen Mannes aufstrahlen und wehmütig seufzen würde: ah, Joseph, während sie allmählich feuchte Augen bekäme und, von der Rührung schließlich überwältigt, mit der Fingerspitze eine im Winkel ihres akkurat geschminkten Auges hervorquellende Träne abtupfte: Entschuldigen Sie, aber ich habe ihn sehr geliebt, Ihren Vater), was nicht besagt, daß man ihn machiavellistischer Umtriebe beschuldigen müßte, was aber auch keinen hieb- und stichfesten Beweis darstellt. Die Bretagne ist schließlich groß genug für eine heimliche Liebesbeziehung .

Ein günstiges Omen für das Liebesleben der Zurückgelassenen ist es freilich nicht. So daß man fürchten muß, die an einem fünften Juli erstmals vollzogene Übung habe das Hinscheiden des angeblichen Mustergatten nicht überlebt. Die zur Schau getragene Sprödigkeit war vielleicht auch ein bequemes Mittel, um sich nicht rechtfertigen zu müssen für das neue Single-Dasein, dessen Vorteile sie wohl allmählich zu ahnen begann, selbst wenn es, als es mit ihr langsam wieder aufwärts ging, in weiten Abständen vorkam, daß unsere Mutter uns ankündigte, ein Vertreter habe sie zum Essen eingeladen, und sie die Einladung auch ein- oder zweimal annehmen mußte, wobei sie allerdings die Sache so darstellte – wir hatten den ganzen Vormittag über gearbeitet, die Lebensmittelgeschäfte waren zu und der Kühlschrank leer –, daß wir nicht gleich ins Träumen kommen müßten für sie, wenn sie einmal mit einem Mann zwei Stunden lang im Restaurant säße. Eine Art, uns zu bedeuten, es läge völlig in ihrer Hand, ein anderes Leben anzufangen. Mit der

Zeit wäre uns auch wirklich lieber gewesen, daß ein Nachfolger käme. Der Unersetzliche wurde uns allmählich zur Last.

Du bist zum Beispiel sechzehn, siebzehn oder achtzehn und siehst einem mühsamen Zusammensein mit deiner Mutter entgegen, weil du sie nicht allein lassen wolltest während dieser Festtage am Jahresende, die den schrecklichen Gedenktag einrahmen. Vor allem nicht am heutigen Abend, der das alte Jahr beschließt und ins neue hinüberreicht. Du weißt, daß sich jetzt die Jungen und Mädchen deines Alters aufgeregt bereitmachen, um das Ereignis zu feiern, das heißt, einander unter dem Mistelzweig oder anderswo in die Arme zu fallen und mit irgend etwas anzustoßen, was ein paar Prozent Alkohol hat und den Rausch dieses Augenblicks erhöht, von dem an die Erde eine neue Umrundung der Sonne beginnt und garantiert nichts mehr so sein wird wie vorher. Doch für dich, der du, um deiner Mutter Gesellschaft zu leisten, Einladungen abgelehnt oder, wahrscheinlicher, von niemandem eine bekommen hast, wird der Abend in seiner Tristheit erstaunlich genau dem gleichen, was du schon kennst. Das heißt einem Fernsehabend mit der Besonderheit, daß die Moderatoren angezogen sind wie *Herr Gerne von der Straße der Sterne*, wie damals, als du bei Onkel Emile die sensationellen Künststücke der Seiltänzer, Dompteure, Schlangenmenschen, Zauberer und Artisten anschautest, die mit Paillettengeglitzer, Satinrevers am Smoking und schimmerndem Zylinder angekündigt wurden, obwohl jetzt das Kunststück im wesentlichen darin besteht, die Zeit rückwärts zu zählen, auf diese Stunde Null zu, die dem Jahr den Garaus macht. Das Schlimmste bei diesem Countdown ist für dich der Endpunkt, wenn die Moderatoren, die wie Christbäume glitzern und so tun, als wohnten sie der Geburt des Universums bei, die männlichen Zuschauer auffordern, ihre Dame fest an sich zu drükken, wenn es jetzt hinübergehe. Doch du bist allein mit deiner Mutter und weißt dir in diesem Augenblick nicht anders zu helfen, als dich zu ihr hinüberzubeugen, ihr einen Kuß auf die Wange zu drücken und ihr, ja, was zu wünschen? alles Glück der Welt? Verschämt kommt etwas heraus wie: Gesundheit vor allem. Vor allem, das heißt also auch vor der Liebe. Freilich, mit siebzehn glaubst du nicht eine Sekunde lang, eine funktionierende Leber könne mehr wert sein als das Glück, eine geliebte Frau in die Arme zu schließen. Aber gut, sagen wir Gesundheit, weil wir vom Wichtigeren nicht reden dürfen, und deine Mutter fügt ihren Wünschen an dich noch viel Erfolg hinzu, womit das Studium gemeint ist. Also nichts sonderlich Aufregendes für das angebrochene Jahr. Doch wenigstens war das Schlimmste überstanden, diese Zeremonie der Verstellung (man soll sich eben keine Hoffnungen machen, das Leben ist nun mal so, der morgige Tag wird so sein wie der gestrige). Und man konnte bis zur nächsten Silvesternacht aufatmen.

Erleichtert, aber traurig, dem anderen nichts Besseres anbieten zu können als diesen Fernsehabend, während überall die Feuerwerkskörper knallten, konsumierten wir schweigend die Parade der geladenen Künstler, die mit dem Champagnerglas in der Hand ihre großartigen Pläne für dieses so wunderschön begonnene Jahr darlegten und, hochherzig wie sie waren, den einsamen Zuschauern zu Hause all das vorführten, was das eigene Leben diesen kleinlich vorenthielt. So viel Glück mit so vielen Sektbläschen konnten sie sichtlich nicht für sich behalten, man bemühte sich also, ebenfalls glücklich zu sein, um ihnen den Spaß nicht zu verderben. Dann brauchten wir nur noch den richtigen Moment abzupassen, die Überleitung zur nächsten Sendung zum Beispiel, um diesen Mummenschanz definitiv abzustellen, indem wir schlafen gingen.

Doch eines Jahres, weil immer noch nichts Neues in Sicht war, wolltest du dein Schicksal in die eigenen Hände nehmen. Das darf nicht wieder so ablaufen wie letztes Jahr, wo es war wie im Jahr zuvor. Schluß damit, du magst nicht mehr diese traurige Zimmertheater-Marionette sein. Von diesem Zeitpunkt an, den du zum Neuanfang bestimmst, wird das Leben so richtig losgehen und reihenweise freudige Überraschungen bieten. Doch wenn du das willst, darfst du nicht warten, bis sich die Dinge von selbst ergeben, dann darfst du nicht die Hände in den Schoß legen. Da braucht es diese bewußte Überschreitung des Rubikon, dieses *alea iacta est*, nach dem nichts mehr so sein wird, wie es war. (Später wirst du erzählen, daß alles, was du an Schönem und Großem erlebt hast, von diesem entscheidenden Moment abhing.) Du verschwindest also kurz vor Mitternacht in deinem Zimmer, überläßt deine Mutter dem Fernsehen, wo man sich anschickt, das Ereignis in immer derselben Weise zu begehen, weil man mehr als einen Wechsel der Moderatoren auch gar nicht erwarten kann, und hast die gloriose Idee, das neue Jahr mutterseelenallein im Kopfstand zu beginnen, die Füße in der Luft (was ganz und gar nicht deine Stärke ist – bei der Abschlußprüfung in Sport bist du sogar vor den Augen der Prüfer umgekippt –, deshalb stützt du dich, um deine Zukunft nicht zu gefährden, an der Wand ab, an derselben, die deine Mutter vor einigen Jahren mit ihren Fäusten bearbeitet hat, um Onkel Emile zu Hilfe zu rufen, es muß da irgendwie einen geheimen Durchgang, eine Fluchtöffnung geben), aber du bist überzeugt, daß du durch diese Umkehrung der Perspektive auch den Lauf der Dinge wendest, Traurigkeit also in Freude, Untätigkeit in Abenteuerlust und Alleinsein in galante Zweisamkeit verwandeln wirst. Mit gequetschter Stirn und zitternden, krampfhaft das labile Gleichgewicht haltenden Armen stehst du nun auf dem Kopf, die Füße ganz oben, wie der gekreuzigte Petrus, der auf dem Himmel läuft, und zählst mit, als vom Dorfkirchturm die zwölf schicksalsträchtigen Schläge ertönen, du magst auch nicht gleich nach dem zwölften wieder herunterkommen, aus Angst, deine Verheißung könne nicht lange vorhalten, der geblümte gelbe Bettüberwurf, und der rote Linoleumboden, und die über dem Kopfkissen hängende Reproduktion von Manets *Frühstück im Freien*, wo angezogene Männer das unglaubliche Glück haben, mit nackten Frauen beim Picknick zu sitzen, und die Wandlampe aus Vollplastik mit dem geometrischen Muster, die du dir unbedingt gewünscht hattest, weil sie von deinem entschieden modernen Geschmack zeugen sollte, und das Waschbecken, und die Kommode, die du selbst gebaut hast, um zu beweisen, daß du so geschickt bist wie dein Vater, könnten womöglich das ganze Ausmaß des sich vollziehenden Wandels nicht mitbekommen haben. In der Tat beschleichen dich Zweifel, als du wieder in der Küche bist und die Mutter, die über dein Wegbleiben besorgt war und dein vom Blutstau immer noch hochrotes Gesicht sieht, prompt fragt: bist du krank? Und dir als Antwort auf deine Schmollmiene Gesundheit im neuen Jahr wünscht. Und du bist ihr gram, daß sie keine Fragen gestellt und zu keinem Zeitpunkt nach dir gerufen hat, du bist ihr gram, weil sie den Lauf der Dinge bereits wieder in die natürlichen, trostlosen Bahnen gelenkt hat.

WIR KÖNNTEN fast auf den Tag genau bestimmen, wann sie aus dem langen Tunnel heraustrat, wir bräuchten nur im Sterberegister nach jenem Mann zu forschen, dem ehemaligen Buchhalter, der damals gestorben war, und wir könnten sagen, daß unsere Mutter von diesem Datum an auf der anderen Seite ihres Lebens stand. Es war ein fröhliches Heraustreten nach zehn Jahren der Kummerdurchquerung, begleitet von einem unbezwingbaren Lachen, einem lichtdurchfluteten Lachen der Begeisterung, wieder unter den Lebenden zu sein, als sie nach Hause kam vom Kondolenzbesuch, den sie erst nach Ladenschluß abstatten wollte, um an der Totenwache teilnehmen zu können, und uns zwischen zwei Glucksern, die sie mit drei Fingern auf dem Mund halbwegs unterdrückte, zu schildern versuchte, wie sie statt des Toten, der da korpulent und massig wie eh und je auf dem Bett lag, geglaubt habe, wahrscheinlich des schummerigen Lichtes wegen, doch zuerst sollten wir ihr sagen, welcher in diesem berühmten amerikanischen Kabarettisten-duo der Magere sei, gut, Laurel, also dann war es Hardy, den sie auf dem Totenbett zu sehen geglaubt habe, und von dem Moment an, wo ihr diese Ähnlichkeit aufgefallen sei, habe sie einfach nicht mehr ernst bleiben können, und während die Leute, als sie dem Brauch gemäß einer nach dem anderen für ein letztes Lebewohl zum Toten hintraten, eine den Umständen entsprechende Miene gezeigt hätten, da habe sie sich verkriechen müssen, in eine Ecke des Zimmers, das vom flackernden Licht der beiden Kerzenleuchter am Kopfende des Bettes nur schwach erhellt gewesen sei, und so tun, als würde sie höflich einen Hereintretenden vorlassen, um möglichst unbemerkt diesen Lachanfall unterdrükken zu können, der immer unbändiger wurde, je mehr sie sich vorstellte, wie der immer sehr ernste Oliver Hardy sich in einer so heiklen Situation wie dem eigenen Tod wohl verhalten würde, und sich fragte, wie weit er da käme, denn es war ja undenkbar, daß eine so lange starre Einstellung nicht in ein gigantisches Fiasko münden würde, ausgelöst von einer Daune aus dem Kopfkissen, die dem dicken Mann unter die Nase schweben und ein gewaltiges Niesen auslösen würde, das die Kerzen ausbliese und das Zimmer in Dunkelheit tauchte, oder der Mann würde sich ganz plötzlich im Bett aufrichten, da dieses unter seinem Gewicht zusammengekracht wäre. Doch das Schlimmste kam erst, diese ernste Miene, die sie aufsetzen mußte, als sie vor Thérèse zu treten hatte, die Tochter des Verstorbenen, die nur noch ein Häufchen Elend war ohne diesen Mann, von dem sie nie fortgegangen war und der sie vielleicht am Fortgehen gehindert hatte, was aber auch kein Grund war, um auszusehen, als würde man sich über seinen Tod freuen. Jetzt beißt sie sich vor uns auf die Lippen. Ein Zeichen für die Schwierigkeit des Unterfangens, das darin bestand, vor dem verweinten Gesicht wahrhaft empfundene Beileidsformeln aufzusagen, die nicht klingen wie ein hämisches Ist-mir-doch-egal, während einem auffällt, daß der Verstorbene tot noch voluminöser ist als lebend, und jetzt greift der Lachkrampf auf uns über, obwohl wir gespannt sind, den Wortlaut ihrer Beileidsbekundungen zu erfahren, aber es ist stärker als sie, von einem neuen Lachanfall geschüttelt, sagt sie, das sei noch nicht alles, die nicht minder voluminöse Thérèse nämlich, eingehüllt in etwas, was wie der Wohnzimmervorhang aussah, in Wirklichkeit aber ein Kleid war, habe die Schminke zu dick aufgetragen gehabt, und die Tränen hätten die Wimperntusche verschmiert und ihr um die Augen herum eine Köhlervisage gemalt, und so habe sie denken müssen, als sie sie küßte und kurz davor endlich ein Trauergesicht zustande gebracht hatte: mein Gott, die Irre von Chaillot, und jetzt können auch wir nicht mehr, es ist zu stark, die Freude hat uns angesteckt, diese Gestalt mit ihrem Köhlerglauben hat sie in uns entfacht.

Und was tat sie also? Mama, wie hast du dich dafür gerechtfertigt, daß du in einem solchen Augenblick laut herauslachen mußtest? Denn wir persönlich, hätten wir die Fortsetzung eines solchen Drehbuchs zu schreiben, sähen nur noch eine Möglichkeit, um die Heldin aus der mißlichen Lage zu befreien: Über dem verdunkelten Dorf heulen die Sirenen auf, kurz darauf wird es von einer Armada von Fliegenden Festungen überflogen, die Bomben regnen herab, vor der gelben Mondscheibe sieht man sie fallen wie Mücken vor dem aufgespannten Tuch, auf dem der Lichtkegel eines Scheinwerfers einen hellen Kreis zeichnet, sie reißen den Dorfplatz auf, bohren ein Brunnenloch unter der Wasserpumpe in seiner Mitte, entwurzeln die drei Pappeln, die die kleine Grünfläche begrenzen, werfen das Krieger-denkmal in einen Krater, schütten Erde darüber, schleudern das Schild der Tankstelle in die Luft, pflügen die Hauptstraße auf, zünden das Bürger-meisteramt samt Einwohnerkartei an, enthaupten den Kirchturmstumpf, der seit einem Dreiviertel-jahrhundert auf seine Spitze wartet, lassen nebenbei die Glocken erdröhnen, zertrümmern Onkel Emiles Turmuhr, fegen die Glasfenster heraus – was tat-sächlich passiert ist, zumindest eines von ihnen wurde am sechzehnten September neunzehnhun-dertdreiundvierzig zerstört, als ein amerikanischer Bomber auf dem Rückflug von seiner mörderischen Mission über Nantes, wahrscheinlich von der Flak getroffen, mit brennendem Motor in der Nähe des Städtchens auf einem damals noch unbebauten Grundstück zwischen dem Bauernhof und der Klosterschule abstürzte und ein über Dutzende von Metern weggeschleudertes Rumpfteil das Kreuzi-gungsfenster zerbersten ließ, und der Schütze, der dem Wrack fast unversehrt entstieg, sollte Jahre später aus Dankbarkeit oder Schuldgefühl der Kirche ein Geschenk machen, das man heute noch bewundern kann und das uns drei Zeilen in den Reiseführern beschert und manchmal ein erstauntes Lächeln einiger Neugieriger, die auf dem Weg zum Strand einen Abstecher machen, um unsere skurrile Sehenswürdigkeit zu bestaunen, ein Glasfenster natürlich, Ersatz für das frühere, auf welchem in der Frauengruppe am Fuß des Kreuzes eine Indianerprinzessin zu sehen ist, zu erkennen an ihrem Stirnband, ihrem Lederkleid und den Mokassins an den Füßen, neben denen sich eine Schlange durchwindet, was nun doch, wenn man ein bißchen das Leben dessen kennt, der die Szene von seinem symbolischen Baum herab beherrscht, etwas eigenartig anmutet, denn Jesus ist zwar auf den Wassern gewandelt, er ging aber nicht gleich bis nach Amerika, der Glasmalermeister, so sagt man sich also, muß ein Ketzer gewesen sein oder den Verstand verloren haben. Doch nein, er hat nur den Willen des fliegenden Kanoniers respektiert, der, bevor das Flugzeug zerschellte, seine Mutter um Hilfe anflehte, und das ist eben diese Indianerfrau aus einem Stamm im Süden des Landes, worauf die Schlange zu ihren Füßen hindeutet, die also kein Sinnbild des Bösen ist, das man in heiligem Ingrimm zertreten müßte, sondern der Blitz, der Fleisch geworden, nachdem er mit seinem Zickzack Himmel und Erde verbunden hat, und da steht sie nun, die wundertätige indianische Mutter, die wie Maria ihrem Sohn beisteht, als ihm die Stunde schlägt, und wild entschlossen ist, ihn da herauszuholen, nur daß sie ihn tatsächlich auch herausholt. Und damit wir nicht vergessen, welchem Umstand wir dieses kühne Glasbild verdanken, ist hinter dem Golgota, am Hang eines ockerfarbenen, einem Tafelberg gleichenden Hügels, ein Flugzeugleitwerk zu erkennen, das aus dem Boden ragt und dadurch die Form eines kleinen Kreuzes hat, als wäre es das eines davongejagten Schächers, dem man die Ehre verweigert hätte, dieser Leibgarde anzugehören, die mit ausgebreiteten Armen die Leute vom Erlöser fernhält. Wenn ihr mich nicht wollt, dann laßt es eben sein, dann seht zu, wie ihr es mit euren Schriften und eurem Gewissen vereinbart, scheint der Errettete zu sagen, während über den Trümmern des Flugzeugs im Blau des Glasfensters etwas kreist, was wohl ein Adler sein soll: Seht, ich bin gekommen mit meiner Hoffnung. Freilich hat sich der Große Geist, der seine Flügel breitet über die Seinen, auch nicht als sehr wirksam erwiesen, als es galt, sein Volk vor dem Massaker zu bewahren. Aber man weiß ja, und jene Zeit bestätigte es abermals, daß die Meister des Mysteriums nur über beschränkt taugliche Abwehrmittel verfügen.

Jetzt aber gilt es, unsere Mutter aus der Bedrängnis zu erretten, unsere Mutter, die unweigerlich vor der gramgebeugten Walküre in schallendes Gelächter ausbrechen wird, wenn nicht in letzter Sekunde ein Fliegeralarm diese ganze verheulte Gesellschaft stracks in den Keller treibt. Um sie selbst machen wir uns keine Sorgen, sie kennt ja den Weg. Sie braucht keinen netten Cousin mehr, der sie an der Hand nimmt und in die Untergründe zerrt. Uff, gerettet. Nur daß jetzt, während alle aufatmen und mit großen Augen um sich blickend den Weinkeller bestaunen, dessen Anteil an besagter Körperfülle des Dahingeschiedenen jetzt manchem verständlicher wird, während das Städtchen unter dem Feuer der Explosionen zittert wie ein vom Schüttelfrost befallener Körper und die zu Hunderten aufgereihten Flaschen klirrend aneinanderstoßen, und als ganz allmählich der Gedanke aufkeimt, man könne vielleicht zu seinem Gedenken einen dieser köstlichen Jahrgänge opfern, die man für die großen Ereignisse aufhebt – und heute ist doch eines –, entfährt jemandem, einem Moralisten wahrscheinlich: Mein Gott, wie furchtbar! Was? Seien wir nicht päpstlicher als der Papst, meint einer, dem schon das Wasser im Munde zusammenläuft, als er nur eine Flasche in die Hand nimmt und das Etikett liest. Ich meine nicht das, sagt der andere und zeigt mit dem Finger zur Decke, die unter einer Explosion erbebt: Wir haben den Toten vergessen. Man kann sich die Bestürzung der Eingeschlossenen lebhaft vorstellen, alle schweigen, doch dann bemerkt jemand lakonisch, viel passieren könne dem ja nicht mehr, und jetzt bricht in einer Ecke schallendes Gelächter aus, das wie eine Laus vom einen zum anderen überspringt, und als unsere Mama an der Reihe ist, hat sie endlich den idealen Vorwand, ihrer Heiterkeit freien Lauf zu lassen.

In Wirklichkeit hat sie sich nicht auf diese Weise aus der peinlichen Lage befreit. Sie machte es anders als an jenem sechzehnten September neunzehnhundertdreiundvierzig, als sie über Nantes einen Ascheregen niedergehen ließ, um Edmond Dantès aus seinem Gefängnis zu befreien. Sie entschied sich für ein einfacheres Szenario, indem sie sich plötzlich der verweinten Diva an die Brust warf, das Gesicht in einer Falte des Wohnzimmervorhangkleides vergrub und das herausplatzende Lachen so umbog, daß es als Schluchzen durchgehen konnte. Da Thérèse mit neuem Tränenschwall, der die Kohle um ihre Augen weiter verwässerte, laut in das Heulkonzert einstimmte und nach zwei oder drei gewechselten Worten jedermann begriff, daß sich die beiden verstanden hatten und alles gesagt war, konnte unsere Mama völlig ungestraft alsbald verschwinden und, kaum daß sie draußen war, im Halbdunkel zwischen zwei Straßenlaternen ihr unbändiges Lachen bis zu den Sternen hinaufschießen lassen.

Aber man stelle sich vor, was das für uns bedeutete. Diese lautstark ausgedrückte Freude hieß: Ihr bekommt Ausgang. Sie besagte, daß sich die Todeswunde geschlossen hatte, die freilich beim Verheilen auch das Aussehen der Wiedergängerin veränderte, als habe der Kummer bei seinem Rückzug auf ihrem Gesicht die Narbe von Victor Hugos ewig Lachendem hinterlassen, als sei von nun an keine von den kleinen Widrigkeiten des Lebens in ihren Augen noch irgendwie wichtig, und gemessen an dem, was sie durchgemacht hatte, ohnehin alles belanglos, das heißt, alles, was zu den gelinderen Alltagskatastrophen zählt, bei deren Schilderung man gern etwas dick aufträgt, um den Schrecken loszuwerden oder um Aufmerksamkeit zu erregen, weshalb man fortan nicht mehr damit rechnen soll, mit einem Platten am Fahrrad, einem Umlauf am Finger oder einer sauer gewordenen Milch ihr Mitleid zu erregen. Sie ist unerbittlich, durch nichts zu erweichen. Wer ihr über etwas vorjammert, muß sich, statt die erhoffte Wirkung zu erzielen, mit gezwungenem Lächeln der Freude der nur mäßig betrübten und ihn aufmerksam musternden kleinen Madame anschließen: Zum Beispiel der Mann, der an einem Regentag völlig durchnäßt den Laden betritt, dreinschaut wie der sprichwörtliche begossene Pudel und den sie, in ihrem Lauf plötzlich innehaltend und auch schon die drei Finger auf den Mund legend, mit einem Ach Gott, Sie Ärmster! begrüßt, oder der, welcher ihr darlegen will, er habe seine Autoschlüssel verloren und sei von den Gendarmen abgeführt worden, weil sie zufällig vorbeikamen, als er die Wagentür aufzubrechen versuchte, oder jener, der mit einem Kopfverband daherkommt, weil er mit dem Rasiermesser in der Hand auf dem Fliesenboden seines Badezimmers ausgerutscht ist, oder wieder ein anderer, der seiner Frau eine Vase schenken will, schließlich aber eine Salatschüssel kauft und meint, sie bräuchte ja nur die Stengel zu kürzen. Tatsächlich sind es vor allem die Männer, die ihre Spottlust abbekommen. Es ist ihre Art, ihre unverbrüchliche Solidarität mit den Frauen zu bekunden, vielleicht auch sich für einiges zu entschädigen.

Bei jedem unserer Besuche zu Hause hatte sie solche Geschichten auf Lager, und sie leitete sie, sehr weit ausholend, immer in derselben Weise mit der obligatorischen Wendung ein: Ich war im Laden. Wo sie zum Beispiel ein Paket für Madame Soundso herrichtete, das für ihre Nichte bestimmt war, welche einen jungen Mann heiraten sollte, den sie in den Alpen in einem Sporthotel kennengelernt hatte, in dem sie in der Wintersaison arbeitete und dessen Direktor im selben Regiment wie ihr Onkel war, in Nancy, von wo er seiner Großmutter Bergamotten mitbrachte, die sich riesig freute und kurz nachher starb, nicht weil sie zu viel davon gegessen hatte, sondern weil sie aus einem zu langen Schlaf nicht mehr aufwachen konnte, doch allmählich werden wir ungeduldig, ja, schon gut, also Schluß mit der Vorgeschichte, kommen wir zur Sache, denn um uns zu ködern, hatte sie uns eine erstaunliche Geschichte in Aussicht gestellt, die bestimmt lustig sein würde, man erriet es an der genußvollen Art, mit der sie sagte: ihr werdet es nicht glauben, obwohl sie doch nie in ihrem Leben gelogen hatte, außer an jenem sechzehnten September neunzehnhundertdreiundvierzig, wo die schönen Augen von Pierre-Richard Wilm sie den Buchhaltungskurs schwänzen ließen, was sie wohl wegen der Folgen so mit Abscheu erfüllte, daß sie nie mehr im geringsten von der Wahrheit abwich, aber daß wir jetzt drängeln, ärgert sie ein wenig, es beleidigt sie fast, ihre Lippen werden schmal und das Kinn zittert, wir seien Spielverderber, jedes Stadium ihrer Geschichte habe eben seine Bedeutung und wir würden, wenn wir das von der Großmutter und von den Bergamotten und von Courchevel nicht wüßten, das Folgende überhaupt nicht verstehen, weshalb es wichtig sei, daß wir uns merkten, daß sie, nachdem das Geschenk für die Nichte eingepackt gewesen sei, den Laden geschlossen habe, denn es sei schon nach halb acht gewesen, und beim Leeren der Kasse habe sie gedacht, sie dürfe nicht vergessen, einen Teller mit Passionsfrüchtemotiv bei den Etablissements du Roi de la Porcelaine zu bestellen. Sonst lohne es sich gar nicht. Da höre sie lieber gleich auf. Also, noch mal. Du warst also im Laden.

Der Laden ist ihre Höhle, ihr Stammplatz, ihre Begegnungsstätte, ihr Fenster zur Welt, ihre Trauer- und Lustspielbühne, ihre Wirkungsstätte, ihr eigentliches Leben. Hier empfängt sie täglich, außer Sonntag nachmittag und Montag. Hier ist sie der unbewegliche und doch in ständiger Bewegung befindliche Mittelpunkt, eine Art schwingender Quarz, der den Zeittakt gibt. Das Weltall dreht sich um diesen Punkt. Sicherlich hat sie irgendwann von einem anderen Leben geträumt, doch das Schicksal, mit dem sie nicht hadert, hat sie hierhin gestellt, und sie hat nicht die mindeste Lust wegzugehen. Von hier kann sie nur der Tod vertreiben, und den hält sie auf Distanz, nachdem sie ihn schon einmal abgewiesen hat, so wie sie jeden Gedanken an einen Ruhestand von sich weist. Da ihr die Zeit kärglich bemessen wurde, hat sie eine Strategie der Verlangsamung entwickelt, die darin besteht, wie ein Ritual immer dieselben Handgriffe auszuführen, ohne jedes Aufheben, ohne sich von irgendwelchen Zukunftsplänen ablenken zu lassen, allein von der Notwendigkeit getragen, ihre Arbeit zu tun, und sie gut zu tun, ob sie nun Geschirr spült, Wäsche bügelt, Schränke einräumt, kleine Näharbeiten ausführt, Überweisungen schreibt, Zahlenkolonnen addiert oder ihre Etiketten herstellt, die sie aus eigens dafür aufgehobenen weißen Kartonschachteln ausschneidet und auf die sie mit der Hingabe einer Musterschülerin Artikelbezeichnung und Verwendungszweck schreibt, nie zeigt sie die geringste Ungeduld, wenn die Hand sich eine Schwäche erlauben möchte, nie verrät sie Müdigkeit oder Überdruß in ihren Bewegungen, nie hört man sie seufzen, mit immer gleichbleibender Laune ist sie an der Arbeit, leidenschaftslos, ganz bei der Sache und trotzdem den Kopf frei behaltend, so daß sie wie nebenbei sagen kann, während man sie von ihren Zahlenkolonnen völlig absorbiert wähnt: Ich hätte durchaus Lust auf ein Eis, und dazu ein leises Schmatzen vernehmen läßt, obwohl sie natürlich weiß, daß keines da ist, aber wir könnten es uns ja eventuell für ein andermal merken, oder sie putzt einen Kopfsalat, von dem sie erbarmungslos die grünen Blätter wegrupft und nur das helle, zarte Herz verwendet: Wir sind doch keine Kaninchen, sagt sie und lacht schallend. Dieses Laufenlassen der Gedanken bewahrt sie vom Tick des Vereinsamten, der über alles seine definitiven Ansichten hat, der nie davon abgeht und die verhängnisvolle Tendenz hat, um keinen Millimeter von seiner bis ins letzte festgelegten Arbeitsplanung abzuweichen. Sie hingegen, so gewissenhaft sie ihre Arbeit tut, erlaubt sich eine ausufernde Unordnung, die den Besucher überrascht und ihn nötigt, ganze Stapel von Unterlagen wegzuräumen, wenn er sich in ihrem Büro setzen will, das sie ganz achtlos führt, weil ja nur sie sich darin zurechtfinden muß und langfristige Planung nicht das ist, was sie anstrebt.

Dadurch ist ihr System gut abgesichert. So schnell kann sie hier keiner ablösen, weil niemand ihr Ordnungssystem durchblickt. Und da sie sich weigert, Künftiges zu bedenken, und die Probleme dann lösen will, wenn sie sich stellen, ohne je vorzugreifen, wird der Notbehelf zum Grundbaustein ihres Universums: Statt ein neues Regal anzuschaffen, stapelt sie Kartons aufeinander und verziert sie mit selbstklebender Folie, deren ästhetisches Verdienst allein darin besteht, daß eine Rolle aufgebraucht wird, so wie die Fischer auch ihre Boote mit Resten aus Farbtöpfen streichen, und soll eine Vase oder eine Figur im Pompadour-Stil, die weiter hinten auf dem Regal steht, etwas höher plaziert werden, muß als Sockel ein Dosierbecher aus einer leeren Waschmitteltonne herhalten, und Waschmitteltonnen selbst werden als Kostbarkeit aufgehoben, überklebt kann man sie als Verkaufsständer für Besenstiele, Geschenkpapierrollen oder Wachstuchreste verwenden, umgestülpt auch als Podest für eine Schachtel voller Schwämme oder Mottenkugelsäckchen. Überall fliegen Zettel herum, auseinandergefaltete Briefumschläge dienen als Notizpapier, verbogene Büroklammern als Universalinstrumente, Klebebandabroller als Briefbeschwerer, kleine Schachteln ohne Deckel als Sammelbehälter für Krimskrams: Reißnägel, Etiketten von verkauften Artikeln, Klammern aus durchsichtigem, mit dünnen Drähten versteiftem Plastik, Gummiringe in allen Farben, seit es sie nicht mehr nur im Einheitsorange gibt, Schrauben und Muttern von Pfannenstielen, eine Wäscheklammerfeder, Kugelschreiberkappen, Nadeln, selbstgebogene Haken, eine Rasierklinge, das Zifferblatt einer Uhr, ein Brillenglas, dazu eine ganze Menge nicht identifizierbarer Kleinteile.

Wenn in ihrem Büro der Platz für die Ablage knapp wird (sie hebt alles auf, Rechnungen, Terminkalender, Bestell- und Lieferscheine, Prospekte, Kataloge, Scheckheftumschläge, Kontoauszüge – kein einziger fehlt seit den Anfängen des Ladens –, Photokalender von ihren Lieferfirmen, Abreißkalender von der Post mit kompletter Katzen-, Blumen- und Schlössersammlung aus einem halben Jahrhundert,

Glückwunschkarten, Frachtbriefe, gebrauchte Umschläge, abgenutztes Durchschlagpapier, Fahrpläne Paris–Nantes seit dem Krieg), dann investiert sie, um der Flut Herr zu werden, regelmäßig in Büromöbel, wobei ein kleiner Kasten auf den im Vorjahr bestellten zu stehen kommt, der eine ist aus Holz, der andere aus Karton, und immer so weiter, Stück für Stück, bis ihr Revier allmählich zugewachsen ist, als wäre es von einem polymorphen Schimmelpilz befallen. Und natürlich beschränkt sich dieses Festhaltenwollen der Zeit nicht auf ihr Büro. Schränke und Bufetts quellen von Gegenständen über, die schon lange nicht mehr benutzt wurden, die sie aber nicht als nutzlos gelten lassen will. Man kann nie wissen. (So waren die Anzüge unseres Vaters, als sie sie endlich wegzugeben gedachte, nachdem sie dreißig Jahre lang nicht von den Kleiderbügeln genommen wurden, steif und brüchig wie alte Planen im Sturmwind. Beim Geschirr hatten wir das Pech, alles zu erben, was sich nicht mehr verkaufen ließ: henkellose Tassen, angestoßene Vasen, ungleiche Gläser, eine Teekanne ohne Deckel, eine Pfeffer-Salz-Garnitur ohne Salzgefäß.) Es ist ihr Eichhörnchentrieb, der nicht vorsorgt, sondern umtriebig so viele Verstecke für die Wintervorräte anlegt, daß sie sie schließlich selbst vergißt. Was zu allerhand Überraschungen führt: Bei der Suche nach etwas ganz anderem stößt man auf ganze Pakete von Briefumschlägen und Karteikarten, auf schachtelweise gekaufte Bleistifte oder ganze Briefmarkenhefte (für Sammler geeignet, der Nennwert ist nicht mehr aktuell). Man glaube freilich nicht, dieser Beweis, daß in ihrem Ordnungssystem nicht alles perfekt ist, berechtige zur mindesten Bemerkung. Willst du sie richtig wütend machen? Dann rate ihr zu einer Totalräumung. Schlagartig geht sie zu, macht die römische Schildkröte und zischt etwas, was dich davon abhält, dich noch einmal in etwas einzumischen, was dich nichts, aber auch gar nichts angeht.

Das langfristige Vorausschauen war Sache unseres Vaters. Es ist seine Entscheidung, den Laden zu vergrößern, die Keller dazuzunehmen und als Tiefgeschoß auszubauen, was Anfang der sechziger Jahre in einem Landstädtchen als ausgefallen gelten mochte. Ihm liegt wenig daran, die Zeit festzuhalten. Am liebsten würde er ihr vorauseilen, um zu sehen, ob es nicht irgendwann interessanter für ihn würde, ob seine Fähigkeiten in der Zukunft nicht mehr Anerkennung fänden. Seht euch den großen Mann an, der seine Talente und Träume eben in dem Rahmen zu verwirklichen sucht, den das Leben ihm zugestanden hat, der bei einem Geschirrfabrikanten in Quimper eine Serie Aschenbecher mit der Aufschrift bestellt: *Geschenke und Porzellan / bei Rouaud – gleich nebenan*. Welchen Grund gäbe es für ihn, zu resignieren und sich mit dieser beengenden Welt zufriedenzugeben? Deshalb entflieht er ihr, fährt kreuz und quer durch die Bretagne und schmiedet in der stickigen Hitze seines zigarettenverqualmten Autos große Pläne für Haus, Garten und Laden. Die freie Stadtluft wird ihm verwehrt? Dem *Buckligen* und dessen stolzer Devise gemäß, holt er die Stadt zu sich her: zwei Etagen, das ist schon fast ein Warenhaus. Kaum hat er sein neues Einsatzgebiet einmal abgefahren, will er etwas anderes machen. Hat er beschlossen, eine Wand zu versetzen, holt er um zehn Uhr abends einen Hammer und reißt sie ein. An der Seite dieses Perpetuum mobile muß man sich die denken, die das Leben als stillen See sieht. Sie folgt ihm in seinem Kielwasser, etwas unwillig, aber wortlos.

Beim Tod unseres großen Steuermanns bleiben zwei Vorhaben unvollendet. Hinten der Garten und sein von Versailles inspiriertes Felsenmeer mit Kaskaden und Rosenbeeten, vorn die einem Architekten anvertraute Umgestaltung der Fassade. Der Plan dazu, ein auf Sperrholz aufgezogener großer Bogen Pauspapier, zeigt in graublauer Schattierung eine stromlinienförmige Glasfront, deren perspektivischer Fluchtpunkt irgendwo oben auf dem Platz beim Café-Tabac von Marie Régent zu liegen scheint, der Giebel ist gelb, der Sockel schwarz, »Haushaltswaren – Geschenke« prangt in roten Reliefbuchstaben – unser alter Laden ist nach dieser Verjüngungskur nicht wiederzuerkennen. Mit dieser Präsentation wird man uns nicht mehr des Hinterwäldlertums verdächtigen können. Mit einem Satz springen wir in die Modernität. Schlagartig befinden wir uns an der Spitze des Fortschritts. Doch mit seinem ungeduldigen Vorpreschen übernimmt sich unser Mann. Er will zuviel auf einmal. Weil er mit der Zeit so achtlos umspringt, wird sie auf einmal knapp, und an einem Tag nach Weihnachten ist sie um. Von jetzt an läßt man an den Orten, an denen der große Mann gewirkt hat, den Staub wie in einer zugemauerten Mausoleumskammer ehrfürchtig liegen, als wäre es seine Asche, und rührt an nichts mehr. Die Zeit steht still, hält inne. Die beiden Vorhaben werden mit ihm begraben. Die aus der Bretagne mitgebrachten Steine werden bald unter dem hohen Gras hinten im Garten verschwinden, wo wir sie bei jedem Einsatz von Unkrautvernichtungsmitteln wieder entdecken, und die Architektenzeichnung wird in einem Kleiderschrank verräumt, das Brett darunter dient uns gelegentlich als Unterlage für unsere Puzzles, wenn sie mehr als dreihundert Teile haben.

Wenn wir uns manchmal ausmalten, was aus dem Laden geworden wäre, würde sein Baumeister noch leben, das heißt etwas vollkommen anderes, nicht Vorstellbares, vom Wohntrakt wäre wohl kaum etwas übriggeblieben, er wäre völlig vereinnahmt worden von seinen Größenphantasien, und wir wohnten weiß Gott wo, da seufzte bisweilen unsere Mutter, die auch nicht gern als rückständig galt: Ja, wenn ich zehn Jahre jünger wäre, und zählte laut auf, was sie aus diesen dreitausendsechshundertzweiundfünfzig Tagen gemacht hätte, daß sie das Nachbarhaus hinzugekauft, die Zwischenwand eingerissen und einen geräumigen Komplex geschaffen hätte, in dem alles zu finden gewesen wäre, was ein junges Paar zum Einstand braucht, außer Möbeln und Elektrogeräten, und sie hätte auch eine neue Abteilung rund um die Tischkultur geschaffen. Doch sie glaubte wohl selbst nicht wirklich daran. Man hätte leichtes Spiel gehabt, sie daran zu erinnern, daß sie zehn Jahre zuvor, als sie ihr Bedauern bereits mit denselben Worten ausdrückte, genau um die zehn Jahre jünger gewesen sei, die ihr heute fehlten. Aber man sollte es ja hauptsächlich so verstehen, daß sie auf diese Weise möglichen Vorwürfen vorbauen wollte, ihr Laden sei schon zu lange in unverändertem Zustand und altmodisch.

Obwohl sie sich den Anschein gab, als wolle sie das große Werk fortführen, und die Sache so darstellte, daß nur Zeitmangel und eine zu späte Übergabe sie an dessen Vollendung gehindert hätten, war ihre Philosophie das Gegenteil der väterlichen Auffassung. In ihrem System lautete der Kernsatz, daß jeder neue Tag exakt so ablaufen wird wie der vorhergehende, also: Am Kirchturm schlägt es neun Uhr, sie stellt hastig ihren Milchkaffee auf den Tisch, wischt sich mit der Serviette den Mund ab und eilt hinüber, um ihren Laden zu öffnen. Der Tag hat begonnen. Von jetzt an dürfen einige Ungewißheiten bleiben, die mit dem Wetter, der Jahreszeit sowie dem Einfluß dieser und anderer Faktoren auf den Kundenverkehr zusammenhängen. Doch alles, was die kunstvoll um die Ladenöffnungszeiten arrangierte Monotonie durchbricht, gilt als gewaltsames Eindringen, das den Zeitvirus in das arbeitsame Auf-der-Stelle-Treten einzuschleppen droht. Was in der Tat keine Politik der großen Umbauten erlaubt, die über kurz oder lang zu radikalen Veränderungen führen würden. Aus diesem Grund reagiert sie äußerst unwirsch auf Ereignisse, die sie zur Abänderung ihres Tagesablaufs zwingen: ein unangemeldeter Besuch, selbst ein angemeldeter, die Störung ist ja dieselbe, oder eine Einladung, für die sie, und sei es nur für einen Nachmittag, das Haus verlassen muß, die Erweiterung des Familienkreises um ein neues Mitglied, sogar die Ankündigung einer künftigen Geburt. Man erwarte nicht von ihr, daß sie sich mitfreue über etwas, was man ein freudiges Ereignis nennt, wenn es ihrer Planung zuwiderläuft. Sie ist nicht die Frau, die gleich ins Krankenhaus eilt, weil sie sofort ihre Enkel sehen muß – es sei denn, es ist Montag, ihr Ruhetag. Sobald etwas die geringste Unordnung in ihr fast klösterlich geregeltes Leben zu bringen droht, ist ihre erste Reaktion immer Ungehaltenheit. Und da sie zu einem offenen Zornausbruch nicht fähig ist, äußert sie sie in galligen, unbeholfenen Bemerkungen (Ich weiß übrigens sehr genau, oder: Ich will ja nicht sagen, was ich nicht gesagt habe), die manchmal verletzend sind und von einer ostentativen Schmollmiene mit gesenkten Augen und zerfurchter Stirn begleitet werden. Es dauert maximal einige Wochen, bis sie die veränderten Gegebenheiten in ihr Leben eingebaut hat, dann fängt alles wieder von vorn an.

Nur manchmal am Sonntagnachmittag lernt sie die Langeweile kennen, wenn der äußerst seltene Fall eintritt, daß sie wirklich nichts mehr zu tun hat und sie sich in einen Sessel des Eßzimmers setzt, mit halbem Ohr Musik hört und, den Kopf auf eine Hand gestützt, durchs Fenster auf den wilden Wein blickt, der die gegenüberliegende Wand überwuchert. Sie erschrickt ein wenig über diese plötzliche Leere und kann sich einen Ruhestand noch weniger vorstellen. Ansonsten sind ihre Tage bis obenhin angefüllt. Selbst wenn es in ihrer Zeiteinteilung, außer bei der Ladenöffnung, nicht auf die Minute genau zugeht – sie schimpft übrigens auf ihre Wecker, weil die sich nie einigen können –, so achtet sie dennoch darauf, ein gewisses Ritual einzuhalten. Der Freitagabend zum Beispiel ist der Wasserwelle gewidmet. Nachdem die Küche aufgeräumt ist und sie sich die Haare gewaschen hat, setzt sie sich mit einem Handtuch um die Schultern an die Schmalseite des Tisches, stellt einen rechteckigen Klappspiegel vor sich hin, kippt ihn so weit zurück, daß sie ihre Handgriffe verfolgen kann, arretiert die Stütze einigermaßen, damit er nicht ständig umfällt (weshalb sie das Buch, das als Arretierung dient, gleich zusammen mit dem Spiegel in den Schrank stellt), und fängt dann an, Strähne um Strähne auf Lockenwickler zu drehen und mit einer dicken Plastiknadel zu sichern, wobei sie ab und zu einen Blick auf den Fernseher wirft. Am Ende setzt sie sich eine Art Mamamuschi-Turban auf und schließt den Fön daran an, welcher die bizarre Kopfbedeckung aufbläst wie einen Heißluftballon. Nun kreuzt sie die Arme und bemüht sich, dem Gespräch zu folgen, von dem sie unter ihrer Haube nur jedes zweite Wort versteht, so daß sie bei Talkshows manchmal nicht jede Feinheit mitbekommt. Wenn wir da sind, hat sie ständig das Gefühl, wir nutzten ihre momentane Gehörlosigkeit aus und machten uns über sie und ihre Verständnisschwierigkeiten lustig, also schaltet sie den Fön ab, schaut ein wenig beleidigt und wechselt das Thema: Ist euch nicht zu warm? Was bedeutet, daß sie fast erstickt unter ihrer Haube, die ohne die hineingeblasene Luft nun schlapp wie eine weiche Dalí-Uhr herunterhängt, und daß sie um alles in der Welt den Eindruck vermeiden möchte, sie würde Ansprüche stellen. Aber falls wir alle meinten, man solle ein wenig lüften, so hätte sie auch nichts dagegen. Es ist ihre verquere Art, einen Wunsch anzumelden.

Auch das Jahr wird gegliedert durch einige zyklisch wiederkehrende Ereignisse, wie beispielsweise an Allerheiligen das Überhandnehmen der Plastikblumen auf beiden Ebenen des Ladens, oder im Spätsommer das der Einweckgläser. Doch die beiden Feste, die ihre ganze Aufmerksamkeit und Energie beanspruchen, auf die sie ihre Einkäufe erfindungsreich abstimmt, indem sie namentlich auch an Niedrigpreisartikel für die schmalen Börsen der Kinder denkt, das sind Weihnachten und Muttertag. Die ganze Woche davor haben sich die Kunden im Laden gedrängt, die sie beraten, inspirieren und manchmal auch, da sie den Geschmack der Ehefrau kennt, diplomatisch von einem Fehlkauf abhalten mußte: Sind Sie sicher, daß ihr das gefallen wird? Manche brauchen eine Gedächtnisauffrischung: Haben Sie ihr nicht schon letztes Jahr ein Püriersieb geschenkt? Und bei jedem entwickelt sie dieselbe unveränderliche Überzeugungsarbeit, die mit der Frage beginnt, ob er schon irgendeine konkretere Vorstellung habe. Nein? Macht nichts, dafür sind wir ja da, und jetzt sieht man unsere Mama angestrengt nachdenken, überlegen, was da wohl geeignet sein könnte, sie kennt ja Madame X und weiß um die sehr begrenzten Mittel des Monsieur X, weshalb sie diesen behutsam dazu bringt, etwas auszusuchen, was in seinen Möglichkeiten liegt, aber dennoch die Ästhetik mit dem Nutzen verbindet, und nicht etwas zu kaufen, worauf man auch verzichten kann, beispielsweise einen Eiskübel, wenn gar kein Kühlschrank da ist, und auch an die Ersparnis zu denken, der Preisunterschied zwischen zwei fast identischen, aber von unterschiedlichen Herstellern stammenden Gegenständen sei ja manchmal wirklich nicht gerechtfertigt und vom Markennamen allein habe man bekanntlich nichts, außerdem, und das ist der geheime Kniff ihrer Verkaufsstrategie, könne er das Geschenk bei Nichtgefallen jederzeit umtauschen. So huscht sie von Kunde zu Kunde, bittet den einen, schon mal zu überlegen, während sie sich einem anderen zuwendet und einen dritten vor die Auslage mit den Platten für den Käse stellt, inzwischen ins Gartenlager eilt und den Karton holt, der zu dem von einem vierten ausgesuchten Teeservice gehört, und beim Zurückkommen den Mann vor den Käseplatten fragt, ob er sich entschieden habe, doch der weiß noch nicht, weshalb sie schon mal im Keller das Teeservice einpackt und dann, wenn sie das Etikett mit der Aufschrift Frohe Weihnachten auf das schöne Geschenkpapier geklebt hat, von ihm vernimmt, er hätte doch lieber ein Kaffeeservice, falls es noch nicht zu spät sei, aber nein, es ist nie zu spät, sie rennt also wieder hinauf und ins Lager hinaus, zieht etwas den Kopf ein, läßt sich aber nie die geringste Ungeduld anmerken, es sei denn, man komme ihr von oben herab, was manchmal geschieht, wenn eine Frau von auswärts sich als Städterin aufspielt und vorgibt, ganz begeistert zu sein über eine solche »Boutique« an so einem Ort, worüber sich unsere Mutter maßlos aufregen kann, denn sie darf von sich behaupten, von ihrem Vater und den Hausgästen ihrer Jugendzeit her zu wissen, was vornehm ist, und braucht sich von solchen Schwätzerinnen nichts vormachen zu lassen.

Da ist sie anders, sie hat ein für allemal die Partei der kleinen Leute ergriffen. Da hier ihr Platz ist, macht sie sich ihre Nöte zum Anliegen und spielt für sie Robin Hood. Diese Leute sind Sinn und Zweck ihres Tuns. Zwar begegnet sie jedem, der zur Tür hereinkommt, mit derselben Freundlichkeit, aber sie ist vor allem für jene da, die sich nicht in die schicken Viertel trauen, die von den vornehmen Läden und der gewählten Ausdrucksweise ihrer Betreiber eingeschüchtert werden. Und die schicken Viertel fangen für diese Leute schon bald an, das heißt gleich jenseits unserer Zweitausend-Einwohner-Gemeinde, schon die beiden Städte in der Nachbarschaft, die doppelt so groß sind und sich als Quasi-Hauptstädte gebärden, fallen unter diese Kategorie. Indem sie sich an die Spitze dieses Kreuzzugs stellt, verzichtet sie auf alles, was prestigeträchtig ist, auf eleganten Schnickschnack, Nobelmarken, vornehm tuende Kundschaft, und paßt sich dem manchmal unsicheren Geschmack derer an, die mit dem wenigen auskommen müssen, was sie haben, und deshalb das schön finden, was für sie erschwinglich ist. Gewohnt, mit den Augen dieser Leute ihre Wahl zu treffen, gibt sie zu, manchmal selbst nicht mehr zu wissen, was ihr wirklich gefällt. Ob etwas schön oder häßlich ist, hat nicht mehr sie zu entscheiden, sobald jemand, der es sich gar nicht leisten zu können glaubte, leuchtende Augen bekommt. Sie reduziert dafür ihre Gewinnmarge und genehmigt sich nur gerade so viel, um auf niemanden angewiesen zu sein und ihren Laden fortführen zu können, zwei Dinge, die ihr über alles gehen. Profit bedeutet ihr wenig, und sie kann sich gar nicht vorstellen, wie sich einige Leute auf Kosten des kleinen Mannes bereichern können. Sie zehrt hauptsächlich von der Dankbarkeit (die ihr Lieblingsthema ist, weshalb wir uns bei jedem Besuch ihre lange Liste von Lobeshymnen ihrer Stammkunden anhören dürfen, und es dreht sich immer um dasselbe: die große Auswahl bei ihr, die konkurrenzlos günstigen Preise, die freundliche und kompetente Beratung). Von solchen Rückmeldungen bestätigt, kann kein noch so herablassender Kommentar über ihr Wirtschaften sie um einen Zoll von ihrer Linie abbringen. So betreibt sie beharrlich ihre sanfte Revolution. (Bezeichnend, wie sie die Bilder von einer Arbeiterdemonstration kommentiert, bei der es zu Ausschreitungen gekommen ist, mit eingeschlagenen Schaufenstern, angezündeten Autos und Zusammenstößen mit der Polizei: Man treibt diese Leute zum äußersten – und sie meint nicht die Uniformierten, die brutal dreinschlagend zum Gegenangriff übergehen.) Die Frau ist gefährlich.

Ihre ständige Angst ist, die Kundschaft könnte mit ihr altern, die Leute könnten sagen, sie wollten genau dasselbe, was schon vor dreißig Jahren so prima war und was man nur noch bei ihr bekomme. Da würde sie augenblicklich den Laden dichtmachen (über die Zukunft, die sie erwartete, wenn sie das Geschäft aufgäbe, macht sie sich keine Illusionen: Eine Zeitlang würde man mich noch grüßen und fragen, wie es mir gehe, ob ich mich nicht zu sehr langweile, und irgendwann, die Generationen folgen ja so schnell aufeinander, wäre ich vergessen). Um diesem jeglichem System beschiedenen Verfall zu entgehen, kam sie auf die Idee, es Doktor Faustus gleichzutun. Eine klassische, unerreichte Methode des Jungbleibens. Faust schließt einen Pakt mit dem Teufel, um Gretchen zu verführen. Sie hingegen schließt einen mit der Kirche, die den Neuvermählten den Segen gibt. Die Rollen sind dabei gut verteilt: Sakrament und Treueeid für die Religion, das Weltliche und die Hochzeits-Wunschlisten für ihr Geschäft. Und schon hat sie die Jugend gewonnen. Eine ewige, weil fortwährend erneuerte Jugend. Sie empfängt die künftigen Eheleute privatim, widmet ihnen ausgiebig Zeit, läßt sie am Montag, am Ruhetag, kommen, wo man ungestört ist, sie befragt sie, hört sie an, stellt eine ideale Liste zusammen, die es allen recht macht, und beweist mit ihren klugen Ratschlägen und feinfühligen Anregungen, daß sie geistig ebenso jung ist wie ihre Kunden. Daß die jungen Leute danach älter werden und bald selbst zur Garde der Gesetzteren gehören, ist für sie kein Problem. Die Nachfrage läßt nicht nach, und sie ist jedesmal noch begeisterter bei der Sache, so daß man gar nicht versteht, warum sich diese neue Hoffnung nie positiv auf die vom exponentiellen Strudel erfaßte Welt auszuwirken scheint. Zum Glück lebt sie in dem Département, in dem am häufigsten geheiratet wird – Nachwirkung der Predigten des Louis-Marie Grignon de Montfort – und in dem man noch die ganze Verwandtschaft einlädt, am Glück der Frischvermählten teilzuhaben. Allerdings hat dieser Umstand in ihren Augen nichts zu sagen. Wenn die Jungen in Massen in ihren Laden kommen und Wunschlisten zusammenstellen, dann liegt das einzig an ihrem Talent. Sie verwandelt sich auf diese Weise in eine Art nachgeschaltete Ehestifterin, die den Bund fürs Leben um ein Tafelservice herum konsolidiert (können sich die beiden Anwärter nicht auf ein Geschirrdekor einigen, gibt sie nicht viel auf ihre gemeinsame Zukunft), wenn also überhaupt noch geheiratet wird, darf man dies getrost der Tatsache zuschreiben, daß man dabei mit ihr zu tun hat und vor der ganzen Hochzeitsgesellschaft die Einmaligkeit dieser Frau rühmen kann, an der die Zeit scheinbar spurlos vorübergeht.

Du redest mit ihr. Es ist jetzt einfacher, nachdem du beschlossen hast, daß sie dich nicht mehr aufregen wird, selbst wenn es um dieselben Dinge geht, die dich noch vor kurzem in Wallung brachten. Anstatt dich über ihre Manien zu ärgern, schmunzelst du nun darüber. Diskret, versteht sich. Zu weit soll man es auch nicht treiben, jedenfalls hast du aufgehört, sie verändern zu wollen. Du hast akzeptiert, daß man sie auch spät nachts nicht dazu überreden soll, das Geschirr stehenzulassen und es am nächsten Morgen zu spülen, denn so ganz unrecht hat sie auch wieder nicht, wenn sie sagt, ein unabgeräumter Tisch mit den Essensresten vom Vorabend verderbe ihr das Frühstücksvergnügen. Du erträgst es also, wenn sie dich um zwei Uhr nachts auf leichte Schlieren an einem Glas aufmerksam macht, das du doch ihren Regeln gemäß gespült hast, das heißt zuerst die Gläser, dann das Porzellan, dann das Besteck und zuletzt das Kochgeschirr. Du erträgst es, daß sie hinter dir steht und ihre Kommentare darüber abgibt, wie komisch du das machst, dabei hast du ihr eigentlich Arbeit abnehmen wollen. Früher hättest du augenblicklich alles liegen- und stehenlassen, hättest gemeint: Dann eben ohne mich, und deine

Mutter wäre völlig verdutzt gewesen, was habe ich denn Falsches gesagt?, als ob du so übermäßig empfindlich wärest und man dir wirklich gar nichts sagen dürfte. Doch das ist jetzt vorbei. Du hast einseitig eine Art ehrbaren Frieden wegen Tapferkeit gewährt, wohl wissend, daß sie die Tapfere war. Du hast die letzten unbeglichenen Rechnungen, die allerletzten Ressentiments getilgt. Sie hat ihr Leben gelebt, und von ihrem Standpunkt aus hat sie ihr Bestes gegeben. Warum mit ihr hadern? Wir werden, das steht fest, nur noch eine begrenzte Zeit miteinander haben. Da werden wir uns nicht zanken, nur weil sie irgendwann dieses oder jenes gesagt hat, weil sie dieses und nicht jenes hätte tun sollen. Betrachten wir es einfach so, daß einem bestimmte Dinge möglich sind und andere nicht, wenn man als Annick Brégeau an einem fünften Juli neunzehnhundertzweiundzwanzig in Riaillé im Département Loire-Inférieure geboren wird. Zum Beispiel ist es einem möglich, drei Kinder von neun, elf und vierzehn Jahren allein weiter großzuziehen, nachdem man schon mit einundvierzig plötzlich Witwe geworden ist und es doch etwas verfrüht wäre, sich vom Leben zu verabschieden. Es ermöglicht einem auch, als Inhaberin eines ländlichen Ladengeschäfts, das auf Haushaltswaren spezialisiert ist, fünfzehn Großmärkten im Umkreis von dreißig Kilometern die Stirn zu bieten, was als Schulbeispiel, als Hohn auf die Grundprinzipien der Marktwirtschaft, von einer charakterlichen Festigkeit zeugt, die wirklichem Geschäftssinn entspringt. Und das ist wahrlich nicht schlecht, zumal niemand sich zu beklagen hatte. Wohl nicht einmal der am sechsundzwanzigsten Dezember Verstorbene. Sein kleiner Wolf hat gute Arbeit geleistet.

Da sie meint, nicht ganz auf ihre Kosten gekommen zu sein, hat sie beschlossen, daß es noch nicht an der Zeit sei zu entscheiden, wann sie ihre Tätigkeit einstellen soll. Solange die begeisterte Jugend durch Mundpropaganda ihren Namen im weiten Umkreis bekannt macht, solange ihr Gehirn zu speichern vermag, wer was wem schenken will (sie bearbeitet bis zu zehn Wunschlisten auf einmal, was bedeutet, daß sie mit über tausend Hochzeitsgästen zu tun hat), solange ihre Beine sie mit der Geschwindigkeit eines Luftzugs zwischen Laden und Lager hin und her tragen und hundertmal am Tag die Treppe zum Tiefgeschoß hinuntereilen lassen, sieht sie nicht ein, warum sie aufhören soll, und noch weniger will ihr einleuchten, daß eine bestimmte Altersgrenze gleichzeitig ihr Arbeitsleben begrenzen soll, nur weil irgendein Paragraph das vorschreibt. Man weiß auch gar nicht mehr, was sie eigentlich motiviert, ob es die Freude über das gute Funktionieren des Ladens ist oder dieser Widerspruchsgeist, mit dem sie denen trotzt, die sie zum Aufhören drängen: Ewig können Sie ja doch nicht so weitermachen. Sie nickt nur ein wenig und antwortet ausweichend, ja ja, natürlich, irgendwann, mal sehen, nächstes Jahr vielleicht. Dieses eigensinnige

Beharren, diese Weigerung, sich den Normen zu beugen, irritiert offenbar. Ruhestand? Nie! hat sie einmal geantwortet. Worin ein wenig Hochmut lag. Doch sie weiß selbst, daß alles einmal zu Ende geht. Diese theatralische Entgegnung war hauptsächlich von der Schadenfreude diktiert, das Gesicht desjenigen zu sehen, der sie in die Enge zu treiben versuchte. Wenn die Entscheidung zum Aufhören so fiele, daß sie eines Morgens beim Frühstück, wenn die Kirchturmuhr neun Uhr schlüge, statt zur Ladentür zu stürzen und aufzusperren ruhig sitzen bliebe, ihr Butterbrot in den Milchkaffee tauchte und die Todesanzeigen in der Zeitung studierte, so würde das ihrer Art wohl besser entsprechen. Von diesem Augenblick an würde sie in ihr neues Leben hinübergleiten, ohne eine einzige Klage, ohne das geringste Bedauern, und sich willig der neuen Ordnung der Dinge fügen, nachdem sie dreißig Jahre vollkommen aufgegangen war in etwas, was – reden wir nicht mehr davon, das ist vorbei. Was diesen idealen Entschluß verhindert, ist die Tatsache, daß sie den Laden nicht einfach zuklappen und sich trollen kann wie ein ambulanter Händler, der beim Auftauchen eines Kontrollbeamten das Tuch auf dem Boden, das ihm als Auslage gedient hat, hastig an den vier Ecken packt und als Bündel über die Schulter wirft.

Unsere Mama, ihren Laden in einem großen, verknoteten Tuch am geschulterten Stock tragend, wie Charlie Chaplin von dannen gehend, ihrem großen

Joseph im Jenseits entgegen, das Ganze von hinten gesehen, und der Lichtkegel würde kleiner und kleiner, bis er als Punkt verschwände, eine solche Schlußszene hätte uns natürlich gefallen. Licht an, Applaus, das Publikum springt auf, viele ihrer jungen Pärchen darunter, wir in der letzten Reihe, zuerst heulen wir unsere Taschentücher voll, aber bald können wir nicht mehr an uns halten vor Lachen, denn Chaplin ist Chaplin, und wenn wir uns vorstellen, wie unsere Mama, koboldhafter denn je, hinter der Leinwand lauter Luftsprünge machte, ja, doch, das würde passen. Aber die Wirklichkeit ist etwas diffiziler. Die Geschäftsaufgabe müßte weit im voraus geplant werden und würde eine Reihe von Demütigungen mit sich bringen: die Einkäufe einstellen, die Vertreter unverrichteter Dinge wegschicken, mit ansehen, wie die Regale immer leerer werden und die Kunden immer seltener das Gewünschte finden, wie sie enttäuscht wieder gehen und die schlechte Nachricht verbreiten, und irgendwann träte das Undenkbare, Unerträgliche ein: Unsere Mama allein inmitten von lauter Ladenhütern. Und was für sie faktisch einem Todesurteil gleichkäme: zum ersten Mal nein sagen, wenn ein verlobtes Pärchen hoffnungsfroh diese Ali-Baba-Höhle betritt, und keine Bestellung annehmen. Diese Leute haben das ganze Leben vor sich und würden sie so gern daran teilhaben lassen, und sie muß nein sagen zu dieser Jugendtransfusion. Dann, wirklich, dann wäre es aus.

Nachdem du lange versucht hast, dich einzumischen, mitzureden, Lösungen auszudenken, die sie barsch ablehnte (Laden und Haus sind schließlich eine Einheit, wie kann man den einen aufgeben und das andere behalten? Kopfschüttelnd gibt sie dir zu verstehen, daß du wieder einmal nichts, aber auch gar nichts verstanden hast), scheint es dir schließlich das beste, sie ganz nach ihrem Dafürhalten gewähren zu lassen und sie nicht mehr mit diesen Dingen zu belästigen. Während du ihr hilfst, einen von einem Lieferanten gebrachten voluminösen Karton auszupacken und die Styroporchips wegräumst, mit denen die Ware ausgepolstert ist, meinst du beiläufig, wenn sie eine Kurzwarenhandlung hätte, wäre alles einfacher, da könnte sie ohne weiteres bis neunzig weitermachen. Ja, Kurzwaren, bloß kann das jeder, antwortet sie lapidar wie immer und verrät damit eine der Triebkräfte ihres unermüdlichen Schaffens. Kapiert, Mama. Komme, was da kommen soll.

Nur, du registrierst bei jedem Besuch, wie die Zeit ihr Werk an der geschäftigen kleinen Dame verrichtet. Wird sie dieses Tempo noch lange durchhalten? Die Frisur sitzt noch tadellos, doch ihr Haar ist jetzt schlohweiß, der Rücken ist gekrümmt, auch wenn im Gang zum Hof hinaus immer noch das schnelle Trappeln ihrer kurzen Schritte zu hören ist. Eigenartigerweise scheint sie trotz dieser eindeutigen Anzeichen des Alters keinerlei Müdigkeit zu verspüren. Sie verheimlicht sie wahrscheinlich. Und du sagst dir, sie müsse diese fabelhafte erbliche Konstitution haben, die die Leute fast hundert werden läßt. Vielleicht liegt darin das Geheimnis ihrer ungeheuren Energie. Du schließt dich der Meinung der jüngeren deiner Schwestern an, die voraussagt, unsere Mutter werde wie Molière auf der Bühne sterben, das heißt, daß man sie eines Morgens mit ihrer Kasse in den Armen oder inmitten der künstlichen Blumen für Allerheiligen am Boden liegend auffinden wird. Für sie wäre es das schönste Ende. Und für uns ein, ja, schöner Ausgang für dieses Stück, vor dessen Epilog uns etwas bange ist.

WIR HABEN uns damit abgefunden. Von Jahr zu Jahr wird sie uns auf dieselbe Weise narren und die Geschäftsaufgabe auf das berühmte Irgendwann verschieben. Wenn ihr der Sinn danach steht und das Herz mitspielt, trippelt sie auf ihren halbhohen Absätzen noch ins dritte Jahrtausend hinüber. Ermahnungen laufen ins Leere, man kennt sie ja, unsere Lachmöwe: Sie senkt reumütig den Kopf, murmelt irgend etwas, und rede du nur. Die Entscheidung aufzuhören wird nicht von ihr kommen, das steht fest, machen wir uns da keine Hoffnung, aber was tun wir bloß?

Anscheinend ist die Sache aber höheren Orts aufgefallen, eine solche Mißachtung der Zeitgesetze, eine so hochmütige Abweisung des Alters scheint dort Unwillen hervorgerufen zu haben, worauf sich ein Fanatiker in den Kopf setzte, die Unbotmäßige zur Raison zu bringen. Stellen wir uns eine Art Wannsee-Konferenz vor, bei der einzig über das Schicksal der Widerspenstigen beraten wird. Die einen ereifern sich: Wenn sie ihren Laden nicht freiwillig räumt, muß man sie eben herausholen, die anderen versuchen abzuwiegeln: Bauschen wir die Sache nicht auf, vergessen wir nicht, daß es sich um eine alte Dame handelt, der wir Respekt schulden. Und sie? Erweist etwa sie uns Respekt, wenn sie uns täglich hinter ihrem Ladentisch verhöhnt? Es gibt genug Leute in ihrem Alter, die seit über zehn Jahren nicht wissen, wie sie den Tag herumbringen sollen, finden Sie das gerecht? Weg mit den Privilegien. Langeweile für alle. Sicherlich, darum geht es ja bei dieser Konferenz, doch bislang hat sie sich nichts zuschulden kommen lassen, gegen kein Gesetz verstoßen und, soviel bekannt ist, auch niemanden umgebracht. Niemanden umgebracht? Und ihr Mann, der auf mysteriöse Weise mit einundvierzig Jahren an einem Tag nach Weihnachten starb? und der war kein schwächliches Pflänzchen, bei dem man sich fragt, ob es über den Winter kommt, sondern eine Urgewalt, eine Häuptlingsfigur. Die Leute, die ihn gekannt haben, reden heute noch voller Bewunderung von ihm. Dieser Mann sei unvergeßlich, sagen sie. Soll mir einer erklären, wie man in diesem Alter so mir nichts, dir nichts sterben kann! Zudem soll sie ein Kind verloren haben. An Cholera gestorben. An Cholera im zwanzigsten Jahrhundert? Warum nicht gleich an der Pest? Exhumierung, Hausdurchsuchung, Siegel drauf, und Schluß ist.

Eben nicht. Alles verjährt, weiß ein Jurist. Da solle man doch lieber den Indianer bitten, seinen Bomber auf das Haus abstürzen zu lassen, dann sei es weg. Doch das wirft ein anderes Problem auf: Das Haus steht neben der Kirche, die Explosion würde unweigerlich sämtliche Glasfenster zerbersten lassen, wir müßten gewärtigen, daß man uns diesmal das Abendmahl durch ein Powwow und die Pfingstszene durch den Geistertanz ersetzt. Was also? Sollen wir uns tausend Jahre lang damit herumschlagen? kapitulieren vor diesem fleischgewordenen Perpetuum mobile? Wenn wir nämlich nicht sofort handeln, wird sie noch die Wunschliste für die Hochzeit Ludwigs des Achtunddreißigsten mit der Königin der Nacht von Mexiko bearbeiten. Es gäbe schon eine Möglichkeit, meldet sich jemand vorsichtig zu Wort. Ja, bitte? Eine Belagerung. Eine Belagerung, wie die von Alesia, meinen Sie? Jetzt sieht man den obersten Feldherrn eine Weile nachsinnen und dann, eine Wolke aus seiner Zigarre zur Decke schickend, gravitätisch mit dem Kopf nicken: wie die von Alesia.

So zogen an einem kühlen Herbstmorgen vor ihrem Laden drei Schaufellader auf. Überdimensioniertes, schmutziggelbes Kinderspielzeug, mächtige Kriegsmaschinen auf Raupen, die sich daran machten, die Straße und den Gehsteig aufzureißen, indem sie ihre stählernen Zähne in den Asphalt bohrten, ganze Platten des Straßenbelags hochhoben, alte Bodenschichten freilegten, sie abpellten wie Zwiebelschalen, und je tiefer sie gruben, desto zahlreicher wurden die übereinanderliegenden Schichten, die sich ausnahmen wie großformatige Seiten der Gemeindegeschichte, von oben nach unten zu lesen, mit den geschwärzten Fundamenten der ab-

gebrannten Kirche, mit dem auf einer Rauhreif-
schicht rosa schimmernden Blut der auf der Flucht
hingemetzelten Vendéens, das nach Zeugenberich-
ten den Hügel wie einen Rubin leuchten ließ, mit
den frommen Fußstapfen des Louis-Marie Grignon
de Montfort, der bei einem seiner legendären Zorn-
ausbrüche die gesamte in der Kirche begrabene Pro-
minenz, darunter seinen hier geborenen Großonkel
Eustache, wie Tempelhändlergesindel aus dem Got-
teshaus schaffen ließ, mit den immer noch von Am-
brosia berauschten Wikingerschädeln, mit dem Wi-
derschein eines Zahns des heiligen Viktor in einem
Wassertropfen seines wundertätigen Brunnens, mit
einer Schicht jener abendlichen Flaute, die die Hoffnungen der keltischen Veneter zunichte machte, da
ihre Schiffe mit schlaff herabhängenden Ledersegeln
bewegungslos der Furia der römischen Galeeren
ausgesetzt waren, und noch tiefer ein im Meeres-
sand verirrter Arm der Loire, vielleicht der, auf dem
die legendäre Schlacht stattfand, denn in der Nähe
kann man einen Cäsarenhügel besichtigen, von dem
aus der Generalissimus seine Operationen gelenkt
haben soll, und schließlich ganz unten, aus grauer
Vorzeit, ein fossiles Ozeangerinnsel auf einem Perl-
muttbett. Nur saß jetzt auch unsere Mutter wegen
der Burggräben, die von den Schaufelladern ausge-
hoben wurden, in ihrem Haus gefangen. Die buchstäblich befolgte Cäsarenstrategie schnitt sie von
der Außenwelt ab, sie stand allein im leeren Laden,
dessen Wände unter den Rammstößen der Raupen-

fahrzeuge erzitterten. Die Gläser auf den Regalen stießen klirrend aneinander, verrutschten Millimeter um Millimeter, so daß manchmal eines unvermittelt, wie von Geisterhand hinuntergeworfen, am Boden in tausend Stücke zerbarst, worauf sie mit ihrem krummen Rücken die Scherben mit einem Kehrwisch und einer stiellosen Schaufel, die zu ersetzen sie sich natürlich nicht hatte durchringen können, zusammenkehrte und dann ins Büro eilte und eine Bestellung aufgab, damit ihr Service vollständig blieb.

Man hatte vor ihrer Tür zwei Bretter über den Abgrund gelegt, eine Art Notausgang, damit sie ihre Verpflegung sichern konnte. Unverzagt wie immer betritt unsere dreiundsiebzigjährige Mama auf ihren halbhohen Absätzen diese Lianenbrücke, geht bei anderen betroffenen Geschäftsleuten ihr Leid klagen und kommt dann, eingedeckt mit Vorräten für eine lange Belagerungszeit, eilends zurück, um auf Kunden zu warten. Die Eile war allerdings unangebracht. Nur wenige – Traumwandler, Seiltänzer oder zerstreute Schwimmer, die diese Planken über dem Abgrund mit einem Sprungbrett verwechselten – wagten sich auf die schwanke Zugbrücke, zumal nun das ganze Städtchen einem Tagebau-Bergwerk glich, als hätte unser indianischer Bordschütze diesmal den zentralen Platz anvisiert und mit seinem Bomber mitten auf unserer Agora einen Krater aufgerissen, und da die gigantische Operation dem alten Ort eine Verjüngungskur bescheren sollte, wurde auch, sozusagen als Vollnarkose, der Verkehr umgeleitet, wodurch der künstlich beatmete Hügel zum Schweigen der Ruinen gebracht wurde und sich, o grausame Ironie, die Argumente, mit denen unsere Muter jahrelang ihren Erfolg erklärt hatte, auf einmal gegen sie wandten.

Während der berauschenden Wochen vor Weihnachten und Muttertag hatte sie sich einst abends am Eßtisch ihrer liebsten Buchhalterbeschäftigung hingegeben, die darin bestand, die am Tag eingenommenen Schecks aufzulisten, voller Begeisterung über sich selbst (was das an Verkäufen, Schritten, Worten bedeutete) hatte sie deren Herkunftsorte vorgelesen, wodurch sie eine die Kantonsgrenzen weit überschreitende Landkarte ihrer Kundschaft zeichnete, und bisweilen konnte sie nicht mehr an sich halten, wenn sie als Beweis für ihr hervorragendes Wirtschaften einen Scheck schwenkte: Nantes!, dieser Kunde wohnt in unserer Hauptstadt Nantes, wo es Geschäfte in Hülle und Fülle gibt, in Nantes, der letzten Rettung, wo man angeblich findet, was es anderswo nicht gibt, wenn jemand von Nantes herkommt, um bei uns einzukaufen, dann steht die Welt Kopf, die Sonne geht im Westen auf, der Fluß fließt rückwärts zur Quelle hin und der Regen nach oben zu den Wolken. Was uns insgeheim freute, auch wenn wir so taten, als langweilte uns dieses ständige Loblied auf ihren Laden und als ärgerte es uns, daß wir diese Litanei über uns ergehen lassen mußten, sozusagen als Eintrittsgeld für den

Besuch, das wir zu entrichten hatten, bevor wir andere Themen anschneiden durften, selbst wenn wir anderswo ihre eifrigsten Verfechter waren. Aber es war vor allem dieser Ton, den sie anschlug, um ihre überragenden kaufmännischen Qualitäten hervorzuheben, die ihr erlaubten, Menschlichkeit mit Geschäftssinn zu paaren, Neues zu wagen und gleichwohl die Bilanz stimmen zu lassen, Mitgefühl und gleichzeitig ein gutes Augenmaß zu beweisen, was ihr auch ihre glühendsten Anhänger bestätigten, aus deren schmeichelhaften, uns unbeholfen vorgetragenen Komplimenten sie sich einen Lorbeerkranz wand, den sie freilich nicht aufzusetzen wagte, aus Furcht, lächerlich zu wirken und sich dem Vorwurf mangelnder Einfachheit auszusetzen, weshalb wir die Sache mit dem Kunden aus Nantes herunterspielten, indem wir zum Beispiel mutmaßten, der Mann habe hier Verwandtschaft, wogegen sie sich verwahrte und meinte, er verstehe sehr wohl etwas von Geschäften und sei nicht aus Unkenntnis, sondern als Kenner zu ihr gekommen, was ihren Vorsprung zusätzlich vergrößerte und sie in der Kategorie Geschenke und Hochzeits-Wunschlisten zur Königin krönte, wogegen die hochnäsigen Anwärter aus der Großstadt weit abgeschlagen waren, und jetzt zog sie den entscheidenden Trumpf aus dem Ärmel: Es war übrigens ein vornehmer, sehr feiner Herr.

Denn es bestärkte sie sehr in ihrer Entscheidung für die Sache der kleinen Leute, wenn von Zeit zu

Zeit ein vornehmer Herr oder eine vornehme Dame ihren Laden betrat, sich ehrlich lobend über die Reichhaltigkeit ihres Angebots und die Sicherheit ihres Geschmacks äußerte und meinte, so etwas hätten sie noch nie gesehen, sie hätten nie gedacht, in so einem Ort etwas so Fabelhaftes anzutreffen (besonders empfänglich war sie für männliche Vornehmheit, kenntlich an hochaufgerichteter Haltung, natürlicher Eleganz und perfekter Lebensart – Louis Jourdan zum Beispiel, durch einige Hollywood-Rollen etwas bekannter als Jean Tissier). Aber diese Leute, die ihre Sonderkundschaft bildeten, wurden jetzt abgehalten von den Erdbewegungen, abgeschreckt von den Schaufelladerdivisionen, umdirigiert schon am Fuß des Hügels. Die in ihrer Zitadelle gefangene Königin Anne hielt verzweifelt Ausschau nach ihren gallischen Edlen, die den Ring sprengen, eine Bresche in die Belagerungsbefestigungen schlagen und sie vor dem Untergang retten sollten.

Herein kam vor allem Staub, der die Ware mit einer dünnen weißen Schicht überzog, die sie jeden Tag abwischte, doch am nächsten Morgen war es dasselbe, und sie mußte erneut zum Staublappen greifen. Für nichts und wieder nichts, wie der Soldat im isolierten Bunker, der immer noch seine Waffen poliert und nicht weiß, daß der Krieg zu Ende ist, denn die Sperre war so gut wie undurchdringlich. Ganz undurchdringlich freilich auch nicht: Nach einem starken Regen drang Wasser in das Tiefgeschoß ein und verdarb einen Teil ihrer Ware, und von diesem Zeitpunkt an schien es, als seien ihre letzten Wehren gebrochen. Als sie uns aufzählte, was sie alles zu erleiden gehabt habe, und von einem gezielt gegen sie gerichteten Komplott sprach, Namen nannte, ihre Ohnmacht verfluchte und das ungerechte Schicksal, das sie so grausam verfolgte, da weinte unsere Unverzagte zum ersten Mal am Telefon. Sie, die geglaubt hatte, alles Unglück endgültig besiegt zu haben, so daß sie manchmal streng war gegen die, die sich nicht mehr aus eigener Kraft aufzurichten vermochten, sie mußte erfahren, daß ihr auf einmal die Herrschaft über das Geschehen entglitt. Sie erduldete nur noch. Jene Fähigkeit, alles an sich abgleiten zu lassen, einen Schmollmund zu ziehen und sich dabei ihre eigenen Gedanken zu machen, diese Waffe, die sie bei ihrem Siegeszug als alleinstehende Frau eingesetzt hatte, erwies sich nun plötzlich als wirkungslos, als sie Wasser aufwischte, Eimer leerte, ihre gesamte Ware auf Styroporblöcke stellte und, um einer neuerlichen Überschwemmung vorzubauen, den Boden des Tiefgeschosses vollflächig mit einer dicken Schicht Zeitungen abdeckte, jede denkbare Undichtigkeit abklebte, jeden kleinen Spalt zwischen den hochkant montierten Wandverkleidungsplatten mit Lappen ausstopfte und dann ängstlich den nächsten Regenguß abwartete, um ihre kindlichen Abwehrmaßnahmen zu erproben. Der ließ in dieser finsteren Jahreszeit nicht lange auf sich warten, bis tief in die Nacht blieb sie wach im Bett sitzen und hörte ihn gegen das Fenster ihres Zimmers peitschen, aber sich ansehen, was er diesmal angerichtet hatte, das wollte sie erst am nächsten Morgen. Das Wasser war erneut als ungebetener Gast eingedrungen und bildete jetzt mit den auf dem Boden ausgelegten Zeitungen einen Papierschlamm, ein Magma von ertränkten Nachrichten, und sie stopfte alles in große Müllsäcke, welche sie als kostbare Beweisstücke ins Lager schaffte. Sie, die es nicht ertrug, daß man ihre Ehrlichkeit anzweifelte, wurde in ihrem Vertrauen bitter enttäuscht, nachdem sie mehrmals um Hilfe ersucht, ihre Situation geschildert und darum gebeten hatte, daß Bevollmächtigte die befestigten Linien überschritten, um sich vom Wahrheitsgehalt ihrer Angaben zu überzeugen, man schickte sie von Pontius zu Pilatus, von einer Versicherungsagentur zur anderen, und jeder wusch sich die Hände mit diesem gesetzlosen Wasser, das als Wunderquelle im Keller ihres Hauses sprudelte.

Mit jeder Überschwemmung versagten ihre Kräfte etwas mehr. Ein paar barmherzige Seelen durchbrachen als Stoßtrupp die Linien und halfen ihr bei der mühsamen Schöpfarbeit, wodurch sie das Ende ein wenig hinauszögerten, doch am niedergeschlagenen Ton in ihrer Stimme erkannten wir, daß sie an ihre Grenzen stieß und das Wunder einer zweiten Auferstehung sich nicht ereignen würde. Die Weihnachtstage in ihrem menschenleeren Laden, wo sie sich ihres jährlichen Triumphes beraubt sah, waren der

Gnadenstoß. Die schlimmen Sorgen der letzten Zeit hatten wie ein böses Gift gewirkt. Als der schlimme Befund kam, wurde um das runderneuerte Städtchen die Belagerung aufgehoben. Neue Kulisse für ein Stück, bei dem todsicher feststand, daß es ohne sie gespielt würde.

Dieses frische Blut der Jugend, das sie vor noch nicht langer Zeit am Leben erhalten hatte und das ihr während der Dorfverschönerungsarbeiten vorenthalten wurde, führte man ihr jetzt in langen Transfusionsbehandlungen im Krankenhaus zu, wo sie nur um die Bettnachbarn weinte, um jene, die mehr litten als sie, oder noch nicht das Alter hatten für solche Prüfungen, oder deren Unglück sie auch bei vergleichbaren Umständen schlimmer fand. Weshalb sie sich, wenn sie von dieser Quälerei nach Hause kam, jegliches Wehklagen versagte, den Tag lang nur dalag, sie, unsere Lebendigkeit in Person, zu schwach, um auch nur eine Buchseite umzublättern, regungslos, die offenen Augen zur Decke ihres Zimmers gerichtet, als würde sie dort den Film ihrer Gedanken abspielen, Erinnerungen wachrufen, Einzelheiten wiedererwecken, welche sie manchmal den Leuten mitteilte, die ihr einen Besuch abstatteten und sich auf den Stuhl am Bett setzten, um ihr eine Weile Gesellschaft zu leisten und ein paar Worte mit ihr zu wechseln, doch über das nahe Bevorstehen ihres Endes sprach sie nur mit den entferntesten Bekannten, zum Beispiel mit jener erst neulich wiedergefundenen Freundin aus Kindheitstagen, die, als ihre alte Internatsgefährtin sich schwärzesten Gedanken überließ, mit den Schultern zuckte und es mit der törichten Dialektik versuchte: Du weißt doch, daß sich die Ärzte oft täuschen, während sie zuvor von denselben Ärzten behauptet hatte, sie würden das bestimmt wieder hinkriegen.

Wenn sie vom Krankenhaus nach Hause kam, nahm ihre weiße Maske vorübergehend ein wenig Farbe an, doch immer weniger lange, als würde der in Panik geratene Organismus seine Energievorräte immer schneller verbrennen, weshalb sie in immer kürzeren Abständen zur Bluttransfusion mußte, und wir wußten, wie das ausgehen würde. Diese abgemagerte, gealterte Frau, die schon die Fahlheit des Todes trägt und die deine Mutter ist, das weißt du, sie bleibt dir nur noch eine begrenzte Zeit erhalten. Man hat es dir gesagt. Man hat dir auch gesagt, wie lange es noch dauern könne. Auf einige Wochen genau, und bald wirst du lernen müssen, ohne sie zu leben. Dieses enge Zusammensein wie seit den ersten Lebenstagen wird es nicht mehr geben, und es wird ein anderes Leben beginnen, das du dir nicht vorstellen kannst. So lange du dich auch gegen diese Einsicht gesträubt hast, nun mußt du eingestehen, daß du bei allem, was du tatst, ihr vielleicht nicht gerade gefallen wolltest, aber doch darauf bedacht warst, ihr nicht zu mißfallen. Was vieles von vornherein verbietet. Was den Lauf deines Daseins so kanalisiert, daß du dich manchmal fragst, was aus deinem Leben geworden wäre ohne dieses innere Auge, das jede deiner Bewegungen aufmerksam beobachtet und dich beim mindesten Abweichen sofort strafend ansieht. Es wäre sicher fröhlicher zugegangen in den Silvesternächten der Jugendzeit, wo während der zwölf Schläge um Mitternacht die Mädchen geküßt werden dürfen, du selbst aber den Jahreswechsel auf dem Kopf stehend begingst und hofftest, daß dadurch das neue Jahr nicht genauso würde wie das alte. Und die ersten Schritte des Mannesalters wären unbeschwerter gewesen ohne diese übergroße Last an Traurigkeit, die du ihr von den Schultern nehmen wolltest in der Hoffnung, ihr Leid zu lindern, obwohl du spürtest, daß es dich zu einer Art Sackhüpfen verurteilte. Aber du hast dir vorgenommen, ihren Kummer nicht noch mehr zu vertiefen. Was deinen Handlungsspielraum einengt, zumal ihr Lebensideal einem spiegelglatten Meer gleicht und das geringste Wellenkräuseln augenblicklich zur Verstimmung führt. Was bedeutet, daß es für dich kein Heil gibt außerhalb des grauen Alltags, was bedeutet, daß es gar kein Heil gibt. Also unterdrückst du die Wogen in dir, verschluckst die Brandungswellen. Du bist wie das Insekt, das auf dem Wasser läuft und winzige konzentrische Kreise auf der Oberfläche zeichnet, Akupunkturpunkte, hauchzartes Gekritzel, um ja den großen Spiegel nicht zu trüben.

Ein Beispiel: Du schreibst über deinen Vater, dessen zu früher Tod dich vor die Aufgabe stellt, die hohe Gestalt aus Bruchstücken zusammenzufügen, die, so scheint es dir, nicht recht zusammenpassen wollen. Einerseits hast du ihn als autoritären Mann in Erinnerung, der dir ein wenig angst machte, andererseits vermitteln dir alle Zeugnisse das Bild eines warmherzigen, lustigen, großzügigen, erfinderischen Mitmenschen, der seine Zeitgenossen offenbar stark beeindruckt hat. Er und lustig? Das kann doch nicht euer Ernst sein. Also machst du dich geduldig daran, die Gegensätze in Übereinstimmung zu bringen. Du begibst dich auf die Suche nach ihm. Die Zeugnisse kommen zuhauf, ohne daß du darum zu bitten brauchst. So erfährst du auch, daß es eine offizielle Verlobte gab, bevor deine Mutter in sein Leben trat. Jetzt erinnerst du dich tatsächlich, daß sie, als du ein Kind warst, keine Gelegenheit ausließ, ihre Rivalin schlechtzumachen, was dich stets verwunderte, denn du fandest sie eher sympathisch. Als du viel später hinter das Geheimnis kamst, belustigte dich diese nachtragende Giftelei. Natürlich hast du, als du diese Geschichte, sorgsam in den Falten des Romans verhüllt, präsentiertest, sehr darauf geachtet, die Empfindlichkeit deiner Mutter nicht zu reizen. Du stelltest die Sache so dar, daß deiner Meinung nach eine Kränkung unwahrscheinlich war. Am Schluß des Buches, unter dem Bombenhagel, läßt du sie sogar von ihren eineinhalb Metern herab den Sieg erringen, indem sie der üppigen Schönheit die Liebe des großen Joseph vor der Nase wegschnappt. In einer Art Hommage sprichst du sie direkt an. Deine Zurückhaltung aufgebend, weist du sie zurecht und befiehlst ihr, sich schleunigst in Sicherheit zu bringen, weil rings um sie die Bomben explodieren und sie mit dem eigenen Leben gleichzeitig auch deines in Gefahr bringt, denn um diese Seiten schreiben zu können, mußt du zwingend geboren werden, das ist die eiserne Regel, ohne Mama kein Roman, das wäre ja auch ein seltsames Nichterzählen eines Nichtlebens. Also schnell, halte dich an deinen Cousin, er ist aus Nantes und kennt die Schutzräume, bleib nicht schreckensstarr inmitten der Sintflut von Steinen und Feuer auf dem Gehsteig stehen, du mußt weiterleben und genauso bezaubernd bleiben, wenn du bald wie vorgesehen den Bund der Liebe mit dem begehrten großen Mann eingehen willst, der ganz in deiner Nähe sein Leben aufs Spiel setzt. Um sie definitiv zu überzeugen, bietest du ihr sogar einen Handel an, der in etwa lautet: Wenn du uns rettest, wird man von uns noch hören. Du findest deinen Einfall recht hübsch und denkst, da könne deine Mama nicht anders, da müsse sie gerührt sein. Du jedenfalls bist überzeugt davon. Doch sie ist es mitnichten. Eisiges Schweigen nach Beendigung der Lektüre. Du kannst sie förmlich sehen: brummelnder Schmollmund und verfinsterte Stirn. Ach je, was habe ich denn jetzt wieder angestellt?

Deine Schwestern hinterbringen es dir: Emilienne, die blonde Verlobte, ist der Stein des Anstoßes. Wie hat sie sie erkannt? Außerdem wußte sie gar nicht, daß du im Bilde warst. Aber du bekommst die Bestätigung bald auch von deiner Mama selbst, die sich schon ausmalt, wie ihre alte Rivalin wütend in den Laden hereingestürzt kommt und einen Auftritt macht, die Regale umschmeißt, ihr ganze Gläsersets an den Kopf wirft, die Teller zu fliegenden Untertassen umfunktioniert, und inmitten der Scherben unseres schönen Geschirrs raufen und prügeln sich zwei siebzigjährige Damen um einen seit dreißig Jahren toten Mann, den sie sich vor fünfzig Jahren streitig gemacht haben. Jetzt ist es natürlich zu spät, um irgend etwas abzuändern, höchstens zwei oder drei Wörter, die aber die hübsche Vorgeschichte auch nicht ungeschehen machen können. Kein einziges Wort auch über die Schluß-Hommage. Von der beanstandeten Episode abgesehen, fällt deiner Mutter lediglich ein, du seist gar nicht dagewesen, als eine vergessene Petroleumlampe so qualmte, daß das ganze Tiefgeschoß mit einer feinen Rußschicht bedeckt war, sondern im Internat, und im übrigen könne dein Vater die Sache nicht in die Hand genommen haben, da er zum Zeitpunkt der Katastrophe tot war und sie mit der Bescherung wie üblich alleine fertig werden mußte.

Sei's drum. Du wirst es das nächste Mal nicht besser machen, irgendwelche Schnitzer werden dir immer passieren. Warum auch etwas erwarten, was gar nicht zu kommen braucht? Warum sie unbedingt überzeugen wollen? Warum willst du sie mit deinem Geschichtenkram belästigen? Bald wirst du nicht mehr unter ihrer Aufsicht arbeiten, du wirst sie in deinen Büchern auftreten lassen können, nachdem du sie bisher verschont hast, weil du ihre Reaktion scheutest. Du wirst nicht mehr fürchten müssen, bei ihr auf Widerspruch oder Schmollen zu stoßen. Denn bald wird sie deine Zeilen nicht mehr lesen, die bleiche kleine Gestalt, die unaufhaltsam blutleerer wird. Seit du weißt, daß sich ihre Lebenserwartung in Wochen bemißt, erfaßt dich ein Schwindel, wenn du versuchst, dir das Leben ohne sie vorzustellen. Es ist überhaupt nicht vorstellbar. Du gehst auf den leeren Raum zu und hast keine Ahnung, ob du in der Schwerelosigkeit überleben kannst. Selbst noch in diesem Zustand ist sie dir genehm, deine Mama.

Statt einer Perücke, die nie wirklich echt wirkt, sondern immer irgendwie schief, wie die verkehrt aufgesetzte Mütze auf dem Kopf eines Betrunkenen, hat sie sich, um den Haarausfall zu verbergen, eine Art Turban aufgesetzt, der ihr gut steht und ihr eine Ähnlichkeit mit der Schauspielerin Arletty verleiht. So, wie sie sich bewegt, mit kurzen Schritten und vorgereckten Händen, die den nächsten Halt an einem Möbel oder einer Wand suchen, ist sie noch immer ein Vorbild an Eleganz und Haltung. Schwerer zu ertragen als dieser rapide körperliche Verfall ist die Begegnung mit ihrem fragenden Blick, der sagt, daß er es weiß, und daß er weiß, daß du es weißt, und der gleichwohl das Wunderwort erwartet, das diese Krankheit zum Tode in eine schlimme Grippe verwandelt, die man irgendwann überstanden hat, wonach alles wieder ist wie zuvor. Aber du bringst es nicht fertig, die tröstenden Worte zu sagen, über die sie ohnehin mit einem Schulterzucken hinweggegangen wäre, über die sie lachen würde, hätte sie noch die Kraft dazu.

Du bist bei ihr, als jetzt der Todeskampf eintritt. Du stehst vor diesem Geheimnis, das dir immer noch nicht in den Kopf will: In wenigen Stunden wird eine grandiose menschliche Maschine aufhören zu funktionieren. Als perfekte Organisatorin ihrer Tage hat sie an alles gedacht. Keine einzige unbezahlte Rechnung, kein einziger nicht abgehefteter Beleg. Auch ihre Umwelt hat sie in den letzten Wochen aufgeräumt, die Leute, die ihren Triumph miterlebten, sollten sie nicht in diesem Zustand sehen. Sie hat das Telefon stillgelegt und ausrichten lassen, sie sei für niemanden zu sprechen, außer für ihre Kinder. Die sind da. Mustergültig wie immer, halten ihr deine Schwestern zärtlich die Hand, beugen sich zu ihr hinunter und drücken ihr einen langen Kuß auf die Stirn, flüstern ihr liebevolle Worte ins Ohr, obwohl die medizinischen Autoritäten erklärt haben, es sei wenig wahrscheinlich, daß sie sie höre. Aber die Ärzte irren sich. Deine Schwestern spüren es, und sie befeuchten ihr behutsam die Lippen, wenn Grimassen ihr fahles Gesicht verzerren, die sie zu deuten versuchen, als wären es die letzten Worte Jesu am Kreuz. Eure Mama ist nur noch ein kleines Lebensfältchen unter dem Laken, und doch ändert sich noch nichts. Sie ist noch immer bei euch.

Bei euch – nein, nicht bei euch, bei dir, und ich, linkisch und ungeschickt wie immer auch, versuche ihr im Augenblick des Abschieds eine Liebeserklärung zukommen zu lassen, die ebenso sonderbar klingt wie die Neujahrswünsche an jenem Silvesterabend, den wir zusammen verbrachten. Aber jetzt bedarf es keines Kopfstands an der Wand, das Danach wird nicht mehr so sein wie das Davor. Das Danach beginnt, als ihr die Tür ihres Zimmers aufstoßt und überrascht seid von der Stille, die jetzt herrscht, während es wenige Augenblicke zuvor erfüllt war vom erschreckend heiseren Röcheln der Sterbenden, das so schnell ging, daß es dir unmöglich war, deinen Atemrhythmus dem ihren anzugleichen. Danach hörst du, wie angesichts dieser großen Stille, dieses reglosen Körpers, der bereits das spöttische, dem altbekannten gar nicht so unähnliche Grinsen der Leichen angenommen hat, deine Schwester verblüfft verkündet: Sie ist tot, als hätten wir uns an diesen Todeskampf gewöhnt und als sollte er nie enden, als wäre für uns diese Minimalgegenwart annehmbar, vertraut geworden, als hätte es bei unseren bescheidenen Ansprüchen keinen Grund gegeben, daß man sie uns wegnähme. Und wir begreifen, daß unsere verstorbene Mutter unsere kurze Abwesenheit wahrgenommen hat, um uns diesen letzten Atemzug, die Brust, die sich senkt und sich nicht mehr hebt, nicht miterleben zu lassen, um uns das Entsetzen, den Schrei und die Tränen zu ersparen. Aber das ist normal, das ist sie, bis zum Schluß: Macht keine Umstände meinetwegen, liebe Kinderchen. Danach ist dir, als müßtest du ohne Atemunterstützung leben. Danach empfindest du etwas wie eine tiefe innere Leere, gegen die keine Zerstreuung je etwas ausrichten wird. Danach siehst du das Telephon an und weißt, daß niemand mehr anzurufen ist, daß du ihre Stimme nicht mehr hören wirst, obwohl du dich dabei ertappst, daß du die Hand nach dem Hörer ausstreckst. Danach fühlst du dich in der Tat freier. Der Druck des inneren Blicks wird schwächer, auch wenn er immer noch da ist. Du weißt allerdings nicht so recht, was du mit dieser neuen Freiheit anfangen sollst. Also fängst du nichts damit an, oder fast nichts: Sie wird diese Zeilen nicht lesen, gleichwohl gestattest du dir nicht, dich jenseits dieser Schmollmiene zu bewegen, mit der du inzwischen leidlich zurechtgekommen bist. Danach fällt dir auf, was an dir direkt von ihr ist. Eine Bewegung, eine Haltung, und es erfüllt dich mit Glück, tief in deinen Zellen verborgen einen intakten, lebenden Teil deiner Mutter zu entdecken. Danach putzt du einen Salatkopf, und als du schwungvoll die großen grünen Blätter voller Chlorophyll wegrupfst, um nur das weiße faustgroße Herz zu verwenden, rufst du plötzlich in den Raum: Wir sind doch keine Kaninchen. Und du fühlst in dir etwas wie eine Brandung aufsteigen, ein spöttisches Lachen, das dir vertraut ist. Kein Zweifel, das ist sie. Aha, ich lache. Ich sehe mich und lache.

Jean Rouaud
Die Felder der Ehre

Roman. Aus dem Französischen von Carina von Enzenberg
und Hartmut Zahn. 217 Seiten. Serie Piper 2016

Jean Rouaud erzählt in seinem mit dem Prix Goncourt
ausgezeichneten Debütroman auf sehr persönliche Weise
wichtige Stationen unseres Jahrhunderts nach, indem er
sich an die Geschichte seiner eigenen Familie erinnert.
Eine Saga also, die drei Generationen umspannt, ohne sich
jedoch den Regeln der Chronologie zu unterwerfen. Anlaß
zum Öffnen dieses Familienalbums geben drei Todesfälle,
die sich alle im selben Winter ereignen.

»Es ist ein ganz eigener, in der heutigen Literatur unerhörter
Ton aus Zärtlichkeit und Menschlichkeit, mit dem Jean
Rouaud seine Figuren vor dem Vergessen schützt.«
Süddeutsche Zeitung

»Nicht nur der Regen ist das philosophische Element
dieses wunderbar zärtlichen Romans über ein grausames
Jahrhundert. Mehr noch ist es der giftgrüne Nebel, der
die Anfänge unserer Moderne bedeckt.«
Die Zeit

PIPER

Jean Rouaud
Hadrians Villa in unserem Garten

Roman. Aus dem Französischen von Carina von Enzenberg
und Hartmut Zahn. 224 Seiten. Serie Piper 2292

Mit derselben Anmut und Präzision, demselben leisen
Humor und zarten Einfühlungsvermögen, das schon bei der
Lektüre von Rouauds erstem Roman bezauberte, wird hier
das Bild eines geliebten Menschen gezeichnet, der zwar den
dramatischen Bombenhagel von Nantes, nicht aber die
Mühsal des Alltags in der Provinz überlebte. Trotzdem –
oder gerade deshalb – erhalten all seine Taten in den Augen
des Kindes eine mythische Dimension.

»Ein hinreißendes Buch. Es hat alles, was ich mir von einem
Buch wünsche: Witz, Wärme, eine feine, sehr poetische
Sprache, eine großartige Geschichte, es hat Menschlichkeit
und Spannung und berührt den Leser über das Persönliche
der Familiengeschichte hinaus auch da, wo es weh tut.«
Elke Heidenreich

PIPER

Jean Rouaud
Die ungefähre Welt

Roman. Aus dem Französischen von Carina von Enzenberg und Hartmut Zahn. 275 Seiten. Geb.

Auch in seinem dritten, von der französischen Presse gefeierten Roman erzählt Jean Rouaud seine persönliche Geschichte fort: Nach »Die Felder der Ehre«, in dessen Mittelpunkt die Generation der Großeltern stand, und »Hadrians Villa in unserem Garten«, wo er aus Kinderperspektive den viel zu frühen Tod des Vaters schilderte, ist Rouauds Alter ego nun bei der eigenen Generation angelangt. Wieder besticht er mit seinem typischen zärtlich-ironischen Blick für die Details, die das Leben ausmachen, und wieder bildet das große Zeitgeschehen den Hintergrund.

Nach seinem Internatsaufenthalt in der Atlantikstadt Saint-Nazaire, dessen Tristesse allenfalls durch das sonntägliche Fußballspiel unterbrochen wurde, erlebt der Ich-Erzähler die Studentenrevolte in Nantes just zur bewegten Zeit um '68. Mit dem ihm eigenen leisen Humor und unverkennbarer Selbstironie porträtiert Rouaud sich selbst als eine Art Woody Allen der französischen Provinz.

PIPER

Madeleine Bourdouxhe
Auf der Suche nach Marie

Roman. Aus dem Französischen von Monika Schlitzer.
186 Seiten. Geb.

Marie, die dreißigjährige junge Frau, ist glücklich mit Jean
verheiratet. Das jedoch hindert sie nicht daran, während
der gemeinsamen Ferien am Meer verstohlene Blicke mit
einem schönen jungen Mann auszutauschen. Blicke, die
ganz selbstverständlich in einer stürmischen erotischen
Affäre münden werden.
Maries sexuelles Erwachen löst ein tiefes Glücksgefühl in
ihr aus, das sie am liebsten ganz für sich genießt: allein
durch Paris flanierend, im Café eine Zigarette rauchend,
auf einem Jahrmarkt, in einem Zugabteil… Trotzdem
bleibt die Wirklichkeit eine feste Größe für sie: Selbstverständlich folgt sie ihrem Ehemann, als der in die Provinz
versetzt wird, und sie hilft ihrer unglücklichen Schwester
Claude, als die sie braucht.
Ein aufregender Roman, der die körperliche Liebe und
ihre beflügelnde Wirkung feiert: Marie ist niemals passiv
oder indifferent, sie steht mitten im Leben und kostet es
aus bis zum letzten Tropfen. Sie ist im wahrsten Sinne
eine moderne Heldin.

PIPER

Madeleine Bourdouxhe
Unterm Pont Mirabeau
fließt die Seine

Erzählungen. Aus dem Französischen von Sabine Schwenk.
101 Seiten. Geb.

Im Werk der großen belgischen Autorin nimmt diese
Erzählung einen besonderen Stellenwert ein: Als einziger
autobiographischer Text ist sie ein Lobgesang auf Mutterschaft und Geburt und zugleich das Manifest einer selbst-
bewußten, mutigen Frau. Aus dem überwältigenden
Erlebnis der Geburt geht die Ich-Erzählerin nicht hilflos
und erschöpft, sondern kraftvoll und stark hervor. Ihre
kleine Tochter kommt 1940 mitten in den Kriegswirren
in Brüssel zur Welt, und schon am darauffolgenden Tag
muß ihre Mutter mit ihr vor den deutschen Besatzern nach
Südfrankreich fliehen – wie die Jungfrau Maria vor den
Häschern des Herodes. Faszinierend ist es, wie Madeleine
Bourdouxhe das persönliche glückliche Ereignis über das
Grauen des Krieges setzt und den Krieg damit in seiner
Sinn- und Bedeutungslosigkeit entlarvt.